Léonce GRASILIER

UN SECRÉTAIRE DE ROBESPIERRE

SIMON DUPLAY

(1774-1827)

ET SON

Mémoire sur les Sociétés Secrètes & les Conspirations

sous la Restauration

PARIS 1913

SIMON DUPLAY

ET SON

Mémoire sur les Sociétés secrètes & les Conspirations

sous la Restauration

Publié dans la REVUE INTERNATIONALE DES SOCIÉTÉS SECRÈTES

N° du 5 Mars 1913

———

Tiré à cent exemplaires
non mis dans le commerce.

N° 99

à la Bibliothèque n^{ale}

Léonce GRASILIER

UN SECRÉTAIRE DE ROBESPIERRE

SIMON DUPLAY

(1774-1827)

ET SON

Mémoire sur les Sociétés Secrètes & les Conspirations

sous la Restauration

PARIS 1913

Ce *Mémoire* rédigé pour le Directeur de la Sûreté générale et destiné au Ministre de l'Intérieur, n'est pas seulement intéressant par la matière qu'il traite; il offre, en outre, cette particularité d'avoir été rédigé par un homme qu'on ne s'attendait point à voir s'occuper d'un pareil sujet ; un homme dont le nom eut un court moment de popularité, aux plus sombres jours de la Terreur.

L'auteur de ce travail est en effet Simon Duplay, le « Duplay à la jambe de bois », l'ancien secrétaire de Robespierre.

Les historiens, les biographes n'ont eu garde de dédaigner ce jeune homme infirme, vivant chez son oncle, le menuisier Duplay, l'hôte dévoué, l'admirateur fanatique, l'accapareur même de ce Robespierre, qui devait dans sa chute entraîner toute la famille qui l'avait choyé, adulé dans la maison de la rue Saint-Honoré.

Tous les écrivains qui ont parlé de Simon Duplay ne nous ont fait connaître que cette petite portion de sa vie employée auprès de l'autocrate rouge, qui pouvait avec lui le précipiter dans l'abîme ; s'ils ont esquissé son passé, ils ont totalement négligé de nous faire connaître la suite de sa carrière. Ce ne peut être par ignorance, car des souvenirs sont restés pouvant en témoigner ; leur silence ne serait-il pas le fait plutôt d'une prudente réserve, d'une répugnance quasi respectueuse et peut-être aussi, le résultat d'une forte déception éprouvée par les apologistes sans réserve des hommes et des choses de la Terreur ?

Il pouvait en effet leur déplaire de dire que, de secrétaire de Robespierre, Simon Duplay était devenu l'auxiliaire de Fouché, qu'il avait fait partie de la police du Consulat, de l'Empire, et qu'il fut maintenu dans ses fonctions avec avancement sous la Restauration. Pour nous, qui n'avons pas les mêmes idées, nous ne croyons pas qu'il y ait le moindre inconvénient pour la mémoire de Simon Duplay à faire connaître sa carrière administrative et à parler loyalement de cet honnête homme, qui fut un chef de famille modèle et un zélé serviteur de l'Etat, qui mourut à la tâche autant par devoir professionnel que par dévouement paternel.

*
* *

Simon Duplay était fils de Mathurin Duplay, petit menuisier à Saint-Dizier-la-Seauve, dans la Haute-Loire, qui mourut de bonne heure, laissant deux orphelins, Simon et son frère Jacques, qui furent recueillis par leur oncle, Maurice Duplay. Celui-ci avait fort bien réussi à Paris en exerçant le métier paternel, et s'était enrichi grâce à de puissants protecteurs et à son mariage avec la fille d'un gros charpentier de Choisy. L'oncle fit bon accueil à ses neveux et les reçut comme ses enfants dans une des maisons qu'il possédait alors, 66, rue Saint-Honoré, presque en face de la rue Saint-Florentin.

Les souvenirs de famille qui ont été publiés, nous font connaître dans ses moindres détails l'intérieur du célèbre ami de Robespierre. Nous n'avons pas certes l'intention de le décrire ici, pas plus que d'entrer dans le récit de la vie de Simon Duplay, sur laquelle cependant une note succincte est nécessaire pour l'esquisse biographique de l'ancien sous-chef de bureau à la Sûreté Générale.

A côté du maître menuisier vivaient sa femme, son fils Jacques-Maurice et ses filles Eléonore, Sophie, Victoire et Elisabeth, dont l'éducation était fort soignée ; toutes, paraît-il, étaient bonnes musiciennes, et l'une d'elles, Eléonore, passait pour une des meilleures élèves du peintre Regnault. Jacques-Maurice étudiait chez lui depuis la fermeture du collège d'Harcourt, et c'est près de lui que Simon, alors incapable d'écrire une lettre correctement, sut mettre à profit les leçons données à son cousin, tout en menuisant pour son oncle. Quant à Jacques, le frère de Simon, il resta toujours un être assez fruste.

Au premier appel des volontaires, le jeune Simon courut s'enrôler le 1er novembre 1791 ; il n'avait pas dix-huit ans, étant né le 16 juin 1774, mais, bravement, il déclara être né en 1773. Il fut enrôlé au premier régiment d'Infanterie, ci-devant Colonel-Général infanterie, et dirigé vers le nord.

Moins d'un an après, à la fameuse bataille de Valmy, le 20 septembre 1792, le soldat volontaire, plein de fermeté et de courage devant l'ennemi, eut la cuisse droite emportée par un boulet de canon.

Après plus de sept mois de convalescence, Simon Duplay traînant une jambe de bois, rentrait dans la maison de la rue Saint-Honoré, où les soins et les prévenances de toute la famille mirent sur son âme attristée le baume du réconfort le plus efficace.

Une pension de quinze sous par jour lui avait été accordée en vertu de la loi du 2 novembre 1792 ; mais, se basant sur l'article 7, de la loi du 6 juin 1792, qui élevait au grade de sous-lieutenant tous les militaires qui auraient perdu un de leurs membres à la guerre, en leur laissant le choix d'opter entre l'hôtel des Invalides, ou la pension qui le représente. Simon Duplay réclama ce dernier bénéfice, qui lui fut accordé sans difficulté. [1]

Sur ces entrefaites, le Département de la Guerre, ou Commission

1. Cette pension fut transformée, le 1er Vendémiaire an VIII, en une retraite de 164 fr. 37 cent., en vertu de l'art. 54 de la loi du 24 Fructidor an VII.

exécutive, dite de l'organisation et du mouvement des armées de terre, ayant eu besoin d'employés supplémentaires, l'invalide fut appelé, le 1er mai 1793, à servir en qualité de commis expéditionnaire dans les bureaux de la gendarmerie, et y demeura jusqu'au 19 avril 1794. Il était donc sans emploi, lorsque Robespierre vint se réfugier dans la maison de son oncle, rue Saint-Honoré, après la journée du Champ de Mars, et c'est ainsi que, vivant dans l'intimité du « nouveau tyran », il en devint tout naturellement le secrétaire ; charge ou honneur qui ne devait pas tarder à le rendre suspect, à la suite de son redoutable patron.

Les Journées de Thermidor qui virent s'écrouler la fortune de Robespierre et de ses collègues de la Convention portèrent également un coup terrible à celle de tous les membres de la famille Duplay, qui furent arrêtés et emprisonnés. C'est le 12 thermidor que, sur un ordre du comité de Sûreté générale, « Duplay fils aîné, secrétaire de Robespierre (celui qui a une jambe de bois, spécifiait le mandat), fut mis en arrestation et traduit à la Force, tandis que les scellés étaient apposés sur ses papiers.

Pendant un an, l'infirme fut traîné de prison en prison ; de la Force, à Port-Libre, puis au Plessis, d'où il sortit le 8 thermidor de l'année suivante (22 juillet 1795).

* *

Jusqu'au 2 thermidor de l'an VII, Simon Duplay vécut dans le calme et l'oubli ; c'est alors que nous le voyons entrer au Ministère de la Police Générale, que le Directoire venait de confier à Fouché, pour qui le titre d'ancien secrétaire de Robespierre ne pouvait être une recommandation bien chaude ; mais d'autres influences auront dû agir pour faire admettre l'invalide, comme d'autres encore, et peut-être bien les mêmes, agiront plus tard pour l'y faire maintenir. Au Ministère de la Police Générale, Simon Duplay fut placé par Fouché sous la direction du fameux Desmarest, qui créait le *Bureau particulier*, « spécialement chargé de la police d'Etat, c'est-à-dire de la recherche de tous les complots et projets contre la constitution, le gouvernement et la personne du premier magistrat, ainsi que de la poursuite des provocateurs, auteurs ou complices de ces manœuvres ; la surveillance des libraires, la fausse-monnaie, les faux quelconques, intéressant le Gouvernement, les réunions clandestines et les hommes marquants de tous les partis et opinions, ainsi que les étrangers, enfin de la direction des agents secrets ».

C'est au deuxième bureau que Duplay fut attaché en qualité de rédacteur de deuxième classe, lors de la réorganisation de l'an X. Il s'y trouve au milieu de quelques anciennes connaissances, des amis, des alliés même, parmi lesquels on remarque les deux frères Lebas. Employé zélé et intelligent, Duplay se fit remarquer par son aptitude aux besognes lourdes, méticuleuses et exigeant une longue patience, jointe à une mémoire fort étendue; aussi est-ce à lui qu'en l'an XII, on songea pour un travail tout spécial réclamé par le Premier Consul.

Après la conspiration de Georges Cadoudal, Pichegru et autres ; Bonaparte demanda « qu'il fût dressé sans délai un dictionnaire « par ordre alphabétique de tous les agents qui ont été employés « par les étrangers ou par les Bourbons pour troubler la tran- « quillité de la France et dont les noms ont été cités ou compromis « dans les différentes procédures ou pièces officielles imprimées « ou non depuis la Révolution ». Il exigea, en outre, qu'il lui fût rendu compte tous les cinq jours de la situation du travail.

Duplay fut seul chargé de cet important travail ; en peu de jours, le 29 floréal, il avait déjà réuni plus de 2.500 noms sur des documents remontant jusqu'à l'année 1792 et comprenant, par conséquent, une période de treize années très fécondes en complots, conspirations et machinations de toutes sortes. Avec une rapidité relative, avec une précision et un soin méticuleux, l'homme de confiance de Desmarest et de Régnier[1] rédigea ce dictionnaire, dont il fut fait trois copies au moins, une pour Bonaparte, une pour le Ministère de la Police et la troisième pour le Préfet de Police. Ce registre fut, à cause de sa reliure, appelé le *Livre Vert*.

L'exemplaire déposé aux Tuileries dans les archives de la Secrétairerie d'Etat Impériale a été détruit par ordre, en Mars 1814, à l'approche des armées alliées. Celui du Ministère paraît avoir subi le même sort, car il fut fait, à la même époque, à l'hôtel du quai Malaquais et à l'hôtel de la rue des Saints-Pères, un énorme autodafé.

Nous ne connaissons du dictionnaire de Duplay que l'exemplaire qui existe encore dans les archives particulières de la Préfecture de Police et qui nous a permis d'apprécier le travail.

L'œuvre de précaution et de prudence politique qui amena la destruction de si nombreuses pièces de la Police secrète, dont on constate l'absence au fur et à mesure que l'on avance dans l'exploration des papiers du fond de la Police Générale (Série F7) aux Archives nationales, est de beaucoup supérieure à ce que l'on peut imaginer.

---

i. Le Grand Juge chargé du Ministère de la Police depuis le départ de Fouché, après l'affaire de la Machine Infernale.

Une note autographe de Simon Duplay, adressée le 24 mars 1815 à Fouché revenu au ministère, nous en donne une idée approximative[1].

« Tous les travaux qui présentaient l'ensemble des intrigues de « la Chouannerie, des diverses agences de l'Angleterre et des Bour- « bons (à l'intérieur et à l'étranger), des nombreux complots « tramés contre le Chef de l'Etat, etc., etc., tous ces travaux, résul- « tat de quinze ans de soins assidus, ont été anéantis, par ordre, « lorsque l'ennemi menaçait la capitale.

« L'on a aussi livré aux flammes un immense travail sur l'exté- « rieur, particulièrement sur ces associations secrètes de l'Allema- « gne et du nord de l'Europe, d'où sont sortis plusieurs fanatiques « qui, à Vienne et à Paris, ont deux fois attenté à la vie de l'Empe- « reur. Ce dernier travail formait la Case de la surveillance des « étrangers[2]. Enfin l'on a mutilé, à la même époque et pour les « mêmes motifs, une infinité d'affaires particulières, toutes d'un « intérêt majeur, qui seraient entièrement perdues pour la Police « Générale, sans les souvenirs qui peuvent seuls suppléer aux pièces « détruites ».

***

Après la rentrée des Bourbons, il y eut, au ministère de la Police, d'autres hécatombes, et, comme elles étaient motivées moins par les précautions politiques que par la rancune et la haine, elles furent plus terribles pour les papiers ; mais, pour les individus, dès que Beugnot eut pris en main la Direction Générale de la Police du royaume, l'épuration commença, et Simon Duplay fut compris dans la première proscription. Il avait été le serviteur de « l'Usurpateur », le familier de conventionnels régicides, son nom ne pouvait pas figurer parmi ceux des nouveaux venus, chargés de veiller à la sécurité de la monarchie.

Cependant une puissance supérieure intervint heureusement pour ne pas laisser sans ressources celui qui avait été secrétaire de ce Maximilien Robespierre, dont la sœur émargeait une pension sur la cassette de Louis XVIII, comme elle en avait touché une, mais combien moindre ! sur la cassette impériale.

---

1. Cette exploration pour la recherche des documents à livrer aux flammes portait sur plus de *vingt mille* dossiers, dont *quinze mille*, au moins, constitués sous la direction de Desmarest pendant les ministères de Fouché, duc d'Otrante, et de Savary, duc de Rovigo (y compris l'inté-rim de Régnier, Grand Juge, Ministre de la Justice).

2. Simon Duplay avait été chargé seul de l'établir et de le suivre.

Simon Duplay s'est plaint que la première Restauration lui eût fait subir une réduction de traitement et une sorte d'exil loin de la police politique, dans la division administrative, méconnaissant ainsi, dédaignant même ses occupations antérieures, ses aptitudes et son expérience des hommes et des choses, qui, pendant près de seize ans, avaient fait l'objet de son constant labeur.

Cependant, il avait été, le 12 Juin 1814, nommé, par le Comte Beugnot, sous-chef de Bureau aux appointements de trois mille francs, au grand déplaisir d'une multitude de solliciteurs, tous émigrés rentrants, qui se croyaient des aptitudes à nulles autres pareilles pour la police ou la surveillance des maisons de jeux, car une grande quantité de ces gens, pendant vingt ans, outre Rhin, avaient fait pour vivre le métier d'indicateur ou celui de croupier.

Lorsque éclate bruyamment l'événement du 20 Mars 1814, Duplay tressaille d'aise et il ne s'en cache pas, non plus qu'il ne dissimule ses craintes d'être renié par ses anciens maîtres, pour avoir servi les derniers ; dès le 21 Mars, il écrit au duc d'Otrante :

« J'ose prendre la liberté de solliciter moi-même l'intérêt de
« V. E. Mon nom ne lui est pas inconnu, et le souvenir des bontés
« qu'Elle a eues pour moi pendant ses deux précédents ministères,
« me donne l'espoir de n'être pas repoussé.

« J'ai été employé pendant seize années consécutives dans la divi-
« sion de la Police secrète, et chargé, dans les six dernières années,
« de l'instruction et de la suite des principales affaires de haute
« police qui s'y traitaient. A l'époque désastreuse de 1814 et au
« moment où un avancement certain allait récompenser mes longs
« services, j'ai perdu la moitié de mes appointements et j'ai été
« relégué dans un bureau de la Division administrative. Je prie
« Votre Excellence de me rappeler à la place que j'occupais depuis
« si longtemps ; je fais cette demande dans la persuasion intime
« que je peux être utile au service de S. M. Votre Excellence pourra
« s'en convaincre, si elle veut bien jeter les yeux sur la note ci-
« jointe ».

C'est celle sur les destructions de 1814, qu'on a lue plus haut et à laquelle s'ajoute cette remarque :

« Son Excellence appréciera l'utilité dont peuvent être les tra-
« ditions que j'ai conservées tant sur le fond de toutes ces affaires
« et sur leurs détails, que sur la manière de les traiter ».

C'étaient en effet des qualités fort appréciables, et Fouché, duc d'Otrante, ne pouvait les dédaigner. Duplay fut conservé à la Police, et quand, trois mois plus tard, l'ex-Ministre de Napoléon, devenu

Ministre de Louis XVIII, supprimera la *division de sûreté* de son ministère, il ordonnera d'en conserver le sous-chef et de le replacer au bureau particulier.

Après le renvoi du trop compromis Duc d'Otrante, Decazes, passant de la préfecture de Police au Ministère, conserva Duplay comme un précieux auxiliaire ; mais, ne lui reconnaissant pas probablement les qualités de décision et d'initiative indispensables à un chef, dont elles assurent l'autorité, lui et ses successeurs confinèrent ce travailleur plein d'endurance, d'expérience et de loyauté, dans le rang secondaire de sous-chef de bureau, bien qu'ils lui eussent imposé des tâches supérieures, ardues, laborieuses, habituellement confiées à des chefs de grades plus élevés.

Pendant douze années, de 1815 à 1827, il va encore peiner longuement, scrupuleusement, par devoir professionnel, pour le pain quotidien, pour le bien-être du foyer dont ses appointements sont l'unique ressource et pour l'éducation de ses enfants, Mathieu-Simon son fils, et Sophie sa fille.

Et cependant ce laborieux peine doublement, sous l'excès de travail et sous l'étreinte d'un mal qui menace à chaque instant de rompre le fil de sa vie. Le docteur Baffos, membre titulaire de l'Académie de médecine, chirurgien en chef de l'hôpital des enfants malades, près duquel étudiait son fils Mathieu-Simon Duplay et qui, devenu son ami, le soignait depuis vingt ans, avait remarqué dès 1818 une altération dans sa santé. Vers cette époque, en effet, Duplay se plaignait d'un rhume dont la violence le fatiguait beaucoup ; le docteur l'ausculta avec soin et reconnut les germes symptomatiques de la maladie qui devait le terrasser, « un anévrisme du cœur ». Le médecin, l'ami, prévint Duplay de la gravité de son état, lui conseilla de se conformer à un régime nécessaire, le conjura de cesser ou tout au moins de suspendre son travail habituel : rien ne fit ; à tout ce qu'il lui disait, celui-ci répondait que c'était impossible, que de la continuation de son travail dépendait l'existence de sa famille et la sienne. Dès lors, voyant qu'il ne parviendrait pas à vaincre l'obstination du malade, le docteur fit tous ses efforts pour prolonger de son mieux cette existence précaire. Le 21 mars 1827, Simon Duplay succombait en pleine activité[1], à l'âge de cinquante-trois ans, dans son appartement de la rue du Bac, n° 98, entouré des siens, de sa femme Marie-Louise Auvray et de ses deux enfants, dont

---

1. Le docteur Baffos délivrait quelques jours après un certificat où il est dit : « Je certifie suivant ma conscience et mes lumières que M. Duplay, disposé peut-être à un anévrisme du cœur par l'amputation de la cuisse, subie il y a près de 34 ans, a dû le développement de cette maladie, ses souffrances et sa mort, au travail auquel il se livrait habituellement, au temps trop long qu'il y donnait chaque jour et à la vie sédentaire à laquelle ce travail l'obligeait. »

l'aîné, déjà étudiant en médecine à l'hôpital Cochin, devait faire souche de praticien distingué comme lui.

*
* *

L'œuvre de cet homme, qui travailla dans l'ombre et l'oubli pour ce qu'il croyait avec conviction être le bien de la société, la sécurité de l'État et la paix de la France, est le témoignage le plus réel, le plus palpable, le plus éclatant en faveur de son activité, de son endurance et de toutes les qualités qui ont été signalées déjà plus haut. Qu'on jette un coup d'œil sur les 150 cartons renfermant près de 15.000 dossiers, qui contiennent le travail quotidien de Simon Duplay de 1815 à 1827, et l'on verra quelle formidable tâche avait été imposée à cet homme, qui la remplissait modestement, placidement, avec persévérance et loyauté.

Lorsque Decazes prit le portefeuille de l'Intérieur, il ne voulut pas abandonner la police qu'il dirigeait depuis trois ans ; il fit supprimer le Ministère de la Police Générale et adjoindre au Ministère de l'Intérieur la direction de la Sûreté Générale telle qu'elle se comporte aujourd'hui. L'un des Directeurs placés à la tête de la nouvelle administration fut Franchet-Desperey, dont l'incessante activité tenait perpétuellement en haleine tous ses subordonnés qui fléchirent plus d'une fois sous l'aiguillon et sous l'ardeur enfiévrée de ce chef insatiable, qui ne calculait point, ou pas assez, l'étendue de la tâche imposée et n'appréciait pas davantage la valeur du travail fourni. L'échange des notes suivantes entre le Directeur et le sous-chef Simon Duplay fera, mieux qu'un exposé exact, connaître cet état de choses.

Première note du Directeur :

« Quels sont les départements, où le passé révolutionnaire a le
« plus de moyens ?

« Dans ces départements, quels sont les hommes les plus influents
« du parti ?

« Et indépendamment, quels sont les hommes, qui, sans avoir un
« domicile fixe, ou du moins qui, sans exercer leur influence mal-
« veillante dans un lieu plutôt que dans un autre, sont l'objet de la
« surveillance habituelle de la Police ?

« On peut, d'après ces questions posées, faire un tableau abrégé
« des forces révolutionnaires en France ».

A quelques jours d'intervalle, suit cette deuxième note :

« Je prie M. Duplay de me donner un recueil de notes biographi-

« ques sur les Français importants, tel que celui que M. de Circourt
« vient de terminer pour les Espagnols. Il sera bon d'en avoir un
« de même pour les Piémontais.

« Et un autre comprenant les étrangers de toutes nations qui ne
« seraient point classés dans les recueils précédents. M. de Circourt
« l'aidera dans ce travail ».

Un rappel ne tarde pas à se faire entendre.

« J'avais demandé un travail consistant en notes biographiques
« sur les sujets français les plus marquants qui sont dans le cas
« d'occuper l'attention de la police.

« Ce travail dépendait de M. Duplay.

« Je ne l'ai pas vu, je l'attends avec impatience. »

Simon Duplay répond enfin :

« Je m'occupe avec toute l'activité possible de la statistique de-
« mandée par Monsieur le Directeur, et j'y donne, tant au bureau
« que chez moi, tous les instants qui ne sont pas occupés aux affai-
« res courantes. Mais je ne voudrais pas donner à Monsieur le Di-
« recteur une nomenclature aride. D'un autre côté, je suis seul avec
« M. Rivard, ce qui rend le travail un peu long ».

La patience la plus extrême, la résignation la plus profonde, ne
peuvent cependant pas dominer à ce point l'amour-propre d'un
homme, fût-il le plus doux et le plus déférent, qu'à la fin sa conscience n'éprouve un sentiment presque de révolte, si faible soit-il,
contre cette obsession perpétuelle qui presse, réclame, manifeste
de l'humeur, sans se rendre compte de l'importance du travail, du
temps nécessaire, des forces disponibles. Duplay l'éprouva, et, d'une
plume respectueuse, il le manifesta par cette note :

« J'ai l'honneur d'envoyer à Monsieur le Directeur le résumé du
« travail de mon bureau pendant le deuxième semestre de 1822. Il
« en résulte pour l'ensemble 2.637 lettres.

« Le premier semestre en avait fourni 2.339. Ce qui fait pour
« l'année un total de 4976 lettres.

« Toute la correspondance des bureaux politiques et administra-
« tifs a donné, pour l'année 1822, 10.697 lettres.

« Je prie Monsieur le Directeur de ne pas trouver mauvais que je
« lui fasse remarquer (personne ne le ferait pour moi) que ma sec-
« tion a fourni seule la moitié de cette correspondance, moins
« 745 lettres, et que je n'ai que deux collaborateurs, MM. Guilbert
« et Rivard.

« Je vous prie aussi, Monsieur le Directeur, de me permettre de
« rappeler que ma correspondance tient généralement aux affaires
« de haute politique les plus compliquées, et que je ne porte pas en
« ligne de compte les notes et rapports que j'ai donnés pendant le
« cours de l'année, ni le travail sur les *sociétés secrètes*, ni enfin
« plus de deux mille notes personnelles toutes écrites de ma main,
« qui ne sont pas la partie la moins utile de mon travail.

« Si Monsieur le Directeur daigne me faire savoir qu'il est con-
« tent de mon zèle et de celui de mes collaborateurs, je serai satis-
« fait.

« Je le prie de vouloir bien agréer l'assurance de mon respectueux
« dévouement ».

On ne peut être plus modeste.

*
* *

Le travail sur les sociétés secrètes, dont parle Duplay, est celui sur
lequel il rédigea le mémoire que nous publions.

Pour condenser ces faits en quelques pages, on ne peut s'imaginer
combien il lui fallut dépouiller de correspondances et de notes. Les
dossiers en effet s'amoncèlent dans les cartons gonflés de papiers.
Nul, mieux que Duplay, n'était propre à cette œuvre, car nul n'était
préparé comme lui de longue date, et personne autre ne pouvait par
la mémoire suppléer aux anciens dossiers détruits en 1814.

Duplay avait une connaissance approfondie des menées des Sociétés secrètes étrangères, dont la pénétration en France présentait
pour le gouvernement et pour la tranquillité publique de graves
dangers, des menées des révolutionnaires de toutes nuances, de
tous pays, qui nourrissaient toujours l'espérance de voir triompher
tout au moins la Constitution de l'an III, Jacobins ou Babouvistes
qui semaient leur idée parmi les mécontents, dont le nombre crois-
sait de jour en jour, surtout parmi les militaires réformés ou en
demi-solde.

Le mémoire de Duplay, bien que trop sommaire, explique toutes les
ténébreuses affaires qu'on vit surgir sous la Restauration, complots
et conspirations que M. Guillon [1] a parfaitement exposés dans les
deux volumes qu'il a publiés, mais qui eussent gagné à être éclairés
des précieux renseignements fournis par le travail du sous-chef de
bureau à la Sûreté Générale.

Le premier feuillet du manuscrit de Duplay manque. A-t-il été
perdu, est-il simplement égaré dans l'amas de papiers déposé aux

1. GUILLON. *Les Complots militaires sous l'Empire et la Restauration*, Paris, Plon, 2 volumes.

Archives Nationales, ou bien a-t-il été volontairement enlevé ou détruit?

Nous serions porté à admettre cette dernière supposition.

Que pouvait contenir ce feuillet?

Peut-être quelques phrases imprudentes et hors de saison sur des conspirations antérieures, ou sur les agissements de généraux sous le régime impérial et qui pouvaient être désagréables à des maréchaux de France.

Dès les premiers mots du deuxième feuillet, on comprend qu'il devait être question de machination militaire, puisque l'auteur se donne la peine de réfuter l'ouvrage de Charles Nodier, ainsi qu'on le verra.

Duplay aurait-il écrit le mot de *Philadelphe*?

Il eût été curieux en effet de connaître l'opinion de ce fonctionnaire de la Police sur cette mythique association, que les élucubrations de la Contemporaine, de Cadet de Gassicourt, de Barbaroux et le roman de Charles Nodier ont popularisée, prouvant une fois de plus que la légende séduit et s'implante plus aisément que la vérité la plus captivante, la plus extraordinaire, la plus dramatique en elle-même.

Desmarest, l'ancien chef de Duplay sous l'Empire, avait déjà réfuté la légende [1] dans le chapitre de ses Mémoires intitulé : *Idées de complot dans le Militaire.* — Il est douteux que l'employé fût mieux instruit que le chef, surtout lorsque le supérieur est de l'envergure du redoutable chef de Bureau secret de la police des Fouché et des Rovigo [2].

« Ce serait mal comprendre Nodier, dit Mérimée, ce serait ignorer non seulement le caractère de son talent, mais la nature même de son esprit, que de supposer qu'il eût jamais l'intention de se donner pour un historien et surtout pour un biographe. Qu'il s'agisse de lui, qu'il s'agisse des autres, qu'importe à Nodier l'exactitude rigoureuse des faits? Pour lui, tout est drame ou roman. Il cherche partout des traits et des couleurs.

« Un nom propre lui rappelle une idée d'où jaillit une composition tout entière. Ce qu'il touche, il l'orne à plaisir. Socrate avait sculpté dans les Propylées les statues des Grâces couvertes de vêtements magnifiques.

« Nodier voile l'histoire d'une parure empruntée à la poésie. Je me rappelle involontairement le mot d'un homme qui, se prenant pour

---

1. DESMAREST. — *Quinze ans de haute police*, un volume ; Garnier, p. 270.
2. S'il ne faut pas admettre l'histoire romanesque des Philadelphes, il ne convient pas de nier *a priori* l'existence d'hommes qui ne formèrent point une Société secrète, telle qu'on l'a songée jusqu'ici. Il ne faut pas, en effet, aller jusqu'au point de nier l'existence du Colonel Cadet, le héros de la Contemporaine, et de Charles Nodier. Cette ânerie n'est bonne que pour le F∴ O. Fontet, rédacteur de l'*Acacia*, Mars 1905.

un érudit, et que la postérité comptera surtout parmi les habiles écrivains de notre époque : « Plutarque, disait Courier, ferait gagner à Pompée la bataille de Pharsale si cela pouvait arrondir tant soit peu sa phrase ». Il a raison, Nodier était de l'école de Plutarque. Je ne sais d'ailleurs si toutes les fictions de l'homme de lettres furent volontaires, si, en s'abandonnant à son imagination, il ne crut pas quelquefois consulter sa mémoire. Tels que ces fumeurs d'opium de l'Asie, moins sensibles aux impressions extérieures qu'aux hallucinations, du breuvage enivrant, il s'était accoutumé, dans la solitude, à vivre parmi les créations de sa fantaisie comme au milieu des réalités. Souvent ses brillantes rêveries se confondirent à son insu avec les souvenirs moins attachants des scènes du monde qu'il avait traversées. Poète, il ne pouvait comprendre le travail ingrat du chroniqueur.

« Le dernier des ouvrages de Nodier que lui aient inspirés les passions politiques, je veux parler, dit Sainte-Beuve, de son *Histoire des Sociétés Secrètes de l'armée*, publiée au commencement de 1815.

« Dans cet écrit mélangé de fiction et de vérité, il raconte, avec les embellissements romanesques dont il se plaisait à orner tous ses ouvrages, les efforts ignorés de quelques conspirateurs, plus que douteux, espérant dans l'ombre le retour des Bourbons.

« Admirez l'art de Nodier à flatter le pouvoir, son adresse à faire valoir des sciences imaginaires. D'abord il déguise son nom, puis, à chaque page, il exalte un héros républicain, c'est ainsi qu'il faisait sa cour. Son but, me dit-on, fut de rassurer le gouvernement sur les dispositions de l'armée, de tromper l'armée elle-même en lui persuadant que son dévouement à l'Empereur n'était point partagé par ses chefs. Quoi qu'il en soit, nul lecteur impartial n'imputera des calculs intéressés à l'auteur de ce petit ouvrage. Il n'y verra qu'un artifice littéraire, et non une invention de la vanité ».

Ces opinions des maîtres de la critique contemporaine sont entièrement conformes aux conclusions de l'auteur de ce rapport, plus à même que quiconque de connaître la vérité et de l'exposer nettement.

Ce n'est pas sans une agréable satisfaction qu'au cours de nos recherches nous avons rencontré la silhouette de cet inconnu et ce fut pour nous presque un devoir, d'esquisser cette biographie de Simon Duplay et de rendre ainsi justice à l'un de ces modestes serviteurs qui, sans ambition, sans gloire, ignorés, travaillent pour la Patrie et trouvent dans leur obscur labeur même, la seule satisfaction, la seule récompense qu'ils osent espérer.

Nota. — Des notes indispensables au *Mémoire* de Duplay nous eussent entraîné hors de notre cadre, mais on trouvera tous les éclaircissements utiles dans nos prochaines publications.

II.

MÉMOIRE SUR LES SOCIÉTÉS SECRÈTES
& LES CONSPIRATIONS
1815-1823

(Le premier feuillet manque)

....
....

...... tableau n'a eu sans doute pour but que d'amuser le lecteur ; son livre est évidemment une fiction continuelle. Par quelques noms de généraux mécontents et d'officiers supérieurs, que leur position attachait à la suite de ces généraux, et liait à leur avenir, l'auteur de l'*Histoire des Sociétés secrètes de l'Armée* a imaginé un cadre dramatique, propre à faire briller les personnages qu'il voulait mettre en action ; et, changeant le caractère connu de ses personnages, selon que son plan l'exigeait, transformant en amis de la Légitimité, des hommes qui n'étaient connus depuis vingt-cinq ans que par de hauts faits révolutionnaires, il a fait un ouvrage amusant auquel il ne manque que la vraisemblance et la vérité. La police de Bonaparte eut connaissance, il est vrai, de quelques associations généreuses qui opposaient une digue à la puissance de l'Usurpateur ; mais elles n'étaient pas formées d'éléments révolutionnaires ; loin de vouloir substituer au despotisme de Bonaparte l'anarchie de la Révolution, elles travaillaient à ranimer en France l'amour de la religion et du souverain légitime, et à préparer les voies de la Restauration.

Si l'on veut se rappeler l'agitation morale qui s'empara de la Prusse après la bataille d'Iéna, et qui se propagea si rapidement dans toute l'Allemagne et même en Autriche, malgré les fréquentes occupations des armées françaises, on pourra déterminer à peu près l'époque où la manie des sociétés secrètes s'est introduite en France, et le pays d'où elle nous est venue.

Depuis longtemps, les principes de la Révolution française s'étaient propagés en Prusse et dans toute l'Allemagne méridionale ; mais, comprimés par la politique des cabinets, ils s'étaient concentrés dans la classe des littérateurs, des publicistes, des érudits et surtout des professeurs. L'organisation des universités allemandes favorisa suffisamment la propagation de ces doctrines. On sait que ces établissements étaient pour leur discipline intérieure, presque absolument indépendants de l'autorité publique ; que les élèves qui les fréquentaient étaient groupés en associations particulières qui avaient leurs statuts, leurs serments, leurs symboles, etc.

etc, et l'on conçoit comment ces associations universitaires qui, dans le principe n'avaient pour objet que de se livrer au plaisir ou de se défendre réciproquement, dégénérèrent en clubs politiques, lorsque les professeurs eurent fait germer dans ces jeunes têtes les principes révolutionnaires dont ils étaient imbus, d'abord d'une manière détournée, dans leurs leçons publiques, ensuite plus ouvertement dans leurs conférences particulières. D'abord, les affiliations universitaires se trouvèrent à la disposition des apôtres de ces doctrines : elles en reçurent de nouveaux règlements qui avaient à la fois pour objet de dérober leurs secrets aux profanes, surtout à l'autorité, de diriger l'action de ces foyers vers le grand but, et de fournir aux élèves qui rentraient dans leurs familles, les moyens de faire des prosélytes, et de former des foyers, hors de l'enceinte des Universités. Cet esprit de prosélytisme et de concentration, si conforme au caractère et aux habitudes des peuples d'Allemagne, fit en peu d'années de rapides progrès. Les malheurs de la Prusse le portèrent, dans ce pays, au plus haut degré d'exaltation ; la politique du gouvernement prussien en favorisa le développement, comme il le fit plus tard, après la campagne de Russie, espérant le faire tourner contre l'oppresseur de la Prusse et de l'Allemagne. Les principaux directeurs agirent dans le même esprit, mais dans un but bien différent. Ils regardaient le système et l'influence de Bonaparte comme le plus grand obstacle à l'accomplissement de leurs projets, persuadés que les gouvernements ne sauraient résister à leurs efforts, lorsque le colosse serait abattu, ils ne négligèrent rien pour armer l'opinion contre lui. Les entreprises de Stapps et de La Sala, jeunes adeptes sortis des associations secrètes, suffisent pour prouver jusqu'où se porta leur zèle.

Une observation qui ne laissera aucun doute sur l'esprit des chefs et de la masse des associations secrètes, et de ce concert momentané avec les gouvernements, c'est que, lorsque le cabinet prussien, peu avant la campagne de Russie, crut devoir former un traité d'alliance avec Bonaparte, *La Ligue de la Vertu*, les *Chevaliers noirs* et toutes les sociétés secrètes, qui, sous des noms différents, n'étaient que les anneaux de la même chaîne, n'hésitèrent pas à se prononcer contre cette alliance et à séparer leur cause, en publiant que, « lorsque les gouvernements ne savaient pas défendre les « peuples, c'était aux peuples à se défendre eux-mêmes ». Tous ceux qui sont un peu au fait des événements politiques de cette époque, connaissent les constants efforts des sociétés secrètes, non seulement en Prusse, mais en Saxe, en Bavière, etc., etc., contre la puissance de Bonaparte et contre leurs propres gouvernements tant qu'ils persistèrent dans son alliance avec lui.

Est-il vraisemblable que ces associations allemandes n'aient pas cherché des auxiliaires en France, où elles savaient trouver tant de personnes qui partageaient, à la fois, leur haine pour Bonaparte, et leurs principes révolutionnaires ? La nature des choses ne permet pas de le supposer. Les sectaires allemands ont en effet agi sur la France dans le cours des trois dernières années qui ont précédé la Restauration, et peut-être avant, mais leur action, pendant cette période, est prouvée par des faits.

La Police de Bonaparte, qui avait la double tâche de découvrir les menées dirigées contre son pouvoir, et les projets formés contre sa personne, dut s'occuper spécialement, dans ses investigations, des relations secrètes des révolutionnaires allemands avec la France.

Plusieurs découvertes, peu importantes en elles-mêmes, ne permirent pas de douter de l'existence de ces relations ; mais elles ne mettaient en évidence que des personnages subalternes. Elle découvrit enfin à Coppet, un foyer intermédiaire qui semblait lier les révolutionnaires d'Allemagne avec ceux de France. *Mme de Staël* et *Benjamin Constant* en étaient les principaux directeurs. Leurs principes connus, leurs rapports avec les littérateurs et les publicistes allemands, les liaisons intimes que Benjamin Constant avait à l'Université de Gœttingue, l'un des plus ardents foyers d'outre-Rhin, fixèrent d'abord l'attention de la police de France, qui ne tarda pas à se convaincre combien ses soupçons étaient fondés par le concours continuel de révolutionnaires allemands à Coppet et dans les autres lieux où Mme de Staël se portait avec le cortège littéraire qui la suivait partout. C'est à ces découvertes, aux craintes qu'elles inspiraient, qu'il faut attribuer la longue persécution dont Mme de Staël fut l'objet et qui finit par la forcer à chercher un asile en Autriche et en Suède.

Ce point de contact établi, indépendamment des autres ramifications, peut expliquer la première origine des sociétés secrètes en France. Les révolutionnaires allemands n'avaient pas besoin de propager chez nous leurs principes ; mais ils savaient que leur organisation était indispensablement nécessaire pour rallier les révolutionnaires de France et les faire concourir au même but. A ces premiers rapports, que la rapidité des événements politiques empêcha de se développer, succédèrent ceux qui durent s'établir pendant la première et la deuxième occupation des armées alliées, qui comptaient un si grand nombre d'*Amis de la Vertu*, de *Chevaliers noirs*, etc., etc. Car on sait que la chute de Bonaparte n'était pour les révolutionnaires allemands que le premier pas vers le grand but qu'ils se proposaient.

On ajoutera à ces rapides observations, que les statuts de diverses affiliations allemandes, saisis dans le temps par les autorités françaises, semblent avoir servi de types aux règlements adoptés par les associations de France, avant que celles-ci connussent le nom de Carbonari.

Il importe peu de rechercher les modifications que les sociétés italiennes ont pu apporter aux premiers plans empruntés aux sociétés allemandes ; mais il pouvait n'être pas sans intérêt d'établir qu'on les devait à l'Allemagne, et de désigner ceux des personnages qui semblent avoir le plus contribué à cette importation.

Pendant le cours de 1814, les sociétés secrètes ne manifestèrent leur existence par aucun acte ostensible, soit parce que l'organisation n'était pas encore terminée, soit parce que les principaux meneurs comptant assez sur la disposition des esprits, et principalement sur la composition de l'armée, pour sortir vainqueurs de la crise qui se préparait, ne voulurent pas compromettre le secret de ce mobile en le mettant ouvertement en action sans une absolue nécessité. Toutefois on ne peut guère méconnaître les sourdes menées d'une association clandestine dans ce concert de perfides insinuations, de faux bruits, de nouvelles alarmantes, d'imputations absurdes et d'espérances coupables, qui se faisait remarquer à de très grandes distances ; et surtout à ce mouvement qui fut imprimé avec tant de rapidité dans tous les départements aussitôt que les proclamations et les décrets de Lyon eurent promis aux révolutionnaires un gouvernement qui devait se rapprocher de leurs principes et qui leur offrait dans l'avenir des chances d'un succès plus complet.

Mais, après les Cent-Jours, les meneurs sentirent que le moment était venu de donner aux sociétés secrètes une impulsion plus forte et plus directe. Les *Fédérations* formées pendant l'interrègne qui venait de finir, le licenciement de l'armée et des corps francs avaient fourni un grand nombre de nouveaux adeptes, et, dans certaines localités, des foyers tout formés qui n'avaient besoin que de recevoir un règlement pour marcher dans la ligue de l'association. Cependant les premières tentatives ne furent pas heureuses.

On découvrit à Paris deux annexes de la grande affiliation ; la Société du *Lion dormant* et celle des *Vrais amis de la patrie*, ou de l'*Epingle noire* ; et l'on doit remarquer que la méthode d'appliquer des dénominations différentes, appliquées aux diverses parties d'un même tout, est encore empruntée aux Allemands qui avaient imaginé ce moyen pour cacher la force réelle des associations.

Le Lion dormant avait pris sa dénomination d'une société maçonnique dite *Ordre du Lion*, qui s'était formée parmi les Français prisonniers en Angleterre ; qui avait adopté pour Grand-Maître, Bonaparte, et qui avait un caractère politique, et très formellement hostile envers le gouvernement du pays où elle avait pris naissance. Tous ses membres rentrés en France, à la paix, se trouvèrent naturellement dispersés sur la surface du Royaume. Quelques circonstances ont pu faire soupçonner qu'elle avait cherché à se reconstituer ; mais on n'a recueilli à cet égard aucune preuve positive. L'autre avait pris sa dénomination d'une épingle à tête noire que les adeptes portaient dans certaines occasions. Les procédures tardives auxquelles ces deux sociétés ont donné lieu, n'ont soulevé qu'un coin du voile. On penchait alors à faire prévaloir ce qu'on appelait système de modération ; et l'on ne jugea pas sans doute à propos de laisser la vérité se manifester tout entière. Cependant elles prouvèrent assez suffisamment que les deux affiliations professaient la même doctrine, avaient la même organisation, et suivaient la même marche ; il n'existe dans les archives de la Police Générale aucun renseignement particulier sur l'affiliation de l'*Epingle noire* ; mais on en trouve de précieux sur le *Lion dormant*.

Dès les derniers mois de 1815, une foule de rapports avaient fixé l'attention de la police sur cette affiliation, qui avait déjà dans la capitale trois ou quatre loges. La plus active, celle du moins qui était le plus connue était au faubourg Saint-Antoine, dans une maison située en face des ateliers de Richard Lenoir. *Cugnet de Montarlot*, [1] qui déjà était à la tête d'une autre affiliation, dite les *Chevaliers du Soleil*, et qui depuis a figuré dans toutes les

1. CUGNET DE MONTARLOT fut arrêté sur la frontière d'Espagne où il avait été porter ses services ; il fut exécuté la même année, 1823.

manœuvres révolutionnaires, était un des principaux directeurs de cette loge. Au nombre des membres figuraient des officiers en non-activité et des officiers de la 9ᵉ Légion de la Garde Nationale.

Dans les conciliabules, on s'entretenait de projets contre la famille Royale de mouvements en faveur de Napoléon II ; de dépôts d'armes, d'agents envoyés dans les départements, etc., etc.

L'exactitude de ces rapports fut prouvée, plus de six mois après, par les révélations de *Sourdon*, l'un des principaux accusés dans la conspiration des *Patriotes de* 1816. Il avait été affilié, dans le mois de décembre 1810, au *Lion dormant*, sur la présentation de Cugnet de Montarlot : première preuve de la liaison qui existait entre ces foyers révolutionnaires, quoique distingués par différentes dénominations. On croit devoir rapporter textuellement quelques passages des révélations de cet individu, qui sont à la date du 4 et 8 mai 1816.

« Vers la fin de décembre de l'année dernière, Cugnet de Montarlot, que « j'avais connu pendant les Cent-Jours, me proposa de me faire recevoir « dans une société de « *Bons Enfants* » qui me ferait avoir de l'ouvrage. « Croyant me procurer des amis, je le suivis dans une maison rue Charonne, « en face de l'établissement dit « Bon Secours », appartenant à M. Richard « Lenoir ».

Sourdon était prévenu que la société où il allait être introduit avait une organisation maçonnique : il rend compte des épreuves qu'on lui fit subir et qui ressemblent à celles de la maçonnerie.

« Le serment, dit le révélateur, est trop long pour être rapporté exacte-« ment : On jurait entre autres choses d'obéir aux statuts, de poignarder « celui qui violerait les secrets de l'ordre, et on dévouait son corps aux « chiens et aux vautours dans le cas où on les violerait soi-même. »

« Le jour de ma réception, poursuit Sourdon, l'on me dit bien que l'asso-« ciation n'avait pas de but politique ; mais, lorsque je fus présent à d'autres « initiations, je n'eus plus de doute sur le but que l'on se proposait, je vis « surtout, un dimanche, une vingtaine de personnes, officiers de divers « grades, décorés ou non, vêtus en bourgeois. Les seuls dont j'ai retenu le « nom sont Noirel ou plutôt Noirot, Saugé et Millard [1]. J'appris ce jour-« là que le projet des associés était de détrôner le roi. Le sieur Canard, « l'un des associés avec lequel je m'entretenais plus particulièrement, « m'indiqua comme un des chefs secrets M. Richard Le-noir. Il me dit « que le rendez-vous était fixé chez ce fabricant : que 2.000 de ses ou-« vriers devaient seconder le mouvement et entraîner le faubourg Saint-« Antoine ».

« Un autre jour Canard me dit, qu'il avait couru chez les gros de l'Or-« dre ; qu'il avait marché sur des tapis et des parquets ; qu'il était entré « dans de riches appartements et s'était entretenu avec de grands person-« nages, etc., etc ».

---

1. Ce dernier a été condamné en 1820, à dix ans de bannissement pour proposition de complot non agréée.

Canard était, ainsi que Cugnet, un des principaux chefs de la loge du faubourg Saint-Antoine. Il communiquait avec les chefs supérieurs comme, depuis, les députés des Ventes centrales ont communiqué avec le Comité directeur. Ainsi, dès la fin de 1815 ou dès le commencement de 1816, un comité directeur existait dans la capitale. Ces révélations de fonctions offrent un caractère de franchise que l'on ne peut méconnaître.

Cugnet fut arrêté peu de temps après. Cette circonstance, et quelques autres démonstrations de la part de l'autorité firent suspendre les travaux de la loge du faubourg Saint-Antoine ; mais l'association n'en poursuivit pas moins le cours de ses manœuvres. Les projets étaient arrêtés, les moyens d'exécution préparés ; agir à la fois dans la capitale et dans les départements où les affiliés étaient en nombre plus considérable et où l'esprit de la population offrait le plus de chances de succès, tel est le plan qui se développa dans le premier semestre de 1816 et dont l'exécution fut tentée à Lyon, dans le mois de janvier; à Grenoble, dans le mois de mai ; à Paris, vers la même époque et dans le département de l'Aube, au commencement de juillet. On ne parlera pas des tentatives qui se manifestèrent sur plusieurs autres points du Royaume, mais qui furent réprimées sans éclat, ou qui échouèrent parce que leur succès dépendait de ce qui devait se faire ailleurs.

Dans les derniers mois de 1815, *Didier*, ancien avocat à Grenoble, homme actif, intelligent, plein de courage, partit de Paris pour aller organiser l'insurrection dans les départements du Lyonnais, du Bourbonnais, de l'Auvergne, des Cévennes et du Dauphiné. Didier, ainsi qu'il résulte de ses déclarations, parcourut ces départements, muni des instructions et des pouvoirs du comité établi à Paris sous la dénomination de *Société de l'Indépendance Nationale* ; il se concerta avec les agents en sous-ordre placés dans ces départements ; et, lorsque tout lui parut disposé selon ses vues, il se rendit à Lyon, où le mouvement devait commencer.

Didier et ses complices comptaient sur une grande partie de la population ; mais cela ne suffisait pas. La garnison pouvait balancer avec succès les efforts de la multitude ; on songea donc à séduire les militaires, et c'est ce qui fit avorter le complot. Des soldats fidèles révélèrent à leurs chefs les tentatives de séduction que l'on avait essayées sur eux. La Valette, Rosset, Moutain et plusieurs subalternes furent arrêtés le 19 janvier 1816, mais Didier échappa aux poursuites.

La procédure dirigée contre les trois chefs ne produisit aucune lumière sur l'ensemble des manœuvres dont le complot du 19 janvier n'était qu'un incident. Les informations de l'autorité administrative ne remontèrent pas au delà de Didier, qu'elles présentèrent du reste, comme une espèce d'aventurier, resté absolument isolé.

Malgré cet échec, Didier, fidèle aux instructions de la société de *L'Indépendance Nationale* (dénomination adoptée par le Comité Directeur), se rendit dans l'Isère, où il avait plus de liaisons personnelles et où sans doute les agents subalternes avaient opéré avec plus de succès. Car il n'est pas vraisemblable que, dans l'espace de deux mois et demi, ou trois mois au plus, Didier, dont on soupçonnait l'existence dans l'Isère, recherché avec activité par les autorités civiles et militaires, obligé par conséquent à se tenir caché, ait pu réunir et organiser les éléments qui concoururent à la révolte du 4 mai.

Cette conspiration de l'Isère offre le premier exemple d'une organisation insurrectionnelle, que l'on a vu se reproduire depuis à plusieurs époques sur différents points du royaume. Un comité central dans chaque département que l'on se proposait d'insurger ; des comités secondaires dans chaque arrondissement, subordonnés au comité central ; et des agents principaux du Comité Directeur, chargés de la direction suprême.

L'insurrection de l'Isère, au 4 mai 1816, mit en évidence cette organisation. Les soulèvements opérés dans un si grand nombre de communes, le même jour à la même heure, et ces bandes simultanément armées, organisées et dirigées par des chefs vers les points principaux de réunion, étaient l'ouvrage des comités d'arrondissement. Le Comité central, établi dans la ville de Grenoble, est prouvé par les révélations de l'officier d'artillerie Aribert, qui en faisait partie ; et la procédure en a fait connaître plusieurs autres membres, tels que Pabais, officier d'artillerie, et le chef de bataillon Biotel. Didier, dans plusieurs déclarations, s'est avoué l'agent suprême du Comité directeur. Pendant que Didier tentait d'insurger le département de l'Isère, qui, en cas de succès, devait entraîner dans la révolte vingt-huit ou trente départements que Didier avait visités avant de se rendre à Lyon, le Comité directeur agissait à Paris par les affiliations des *Patriotes de 1816* et de *l'Epingle noire.*

Les procédures instruites à Paris contre ces deux associations ont fait connaître qu'il entrait dans le plan des conjurés de tenter simultanément un coup de main sur le château des Tuileries et sur la forteresse de Vincennes. On peut consulter les débats du procès des *Patriotes de 1816* pour connaître le plan des conjurés contre la demeure royale, et les moyens qu'ils avaient préparés ; mais on croit devoir rappeler en peu de mots les détails du plan dirigé contre la forteresse de Vincennes, qui était l'ouvrage de l'affiliation de *l'Epingle noire.* Ce poste militaire devait appuyer l'insurrection de la Capitale : la faction comptait d'ailleurs sur les munitions et sur l'artillerie qu'il renfermait. Ce projet fut trouvé chez le Sr Charles Monier, ex-adjudant du génie, demeurant alors rue Cassette, n° 8, arrêté le 4 mai 1816. Monier avait, outre le plan topographique de la forteresse, des renseignements précis sur le nombre et la qualité des troupes qui en formaient la garnison ; le nombre et la position des bouches à feu qui la défendaient. Il fallait un siège régulier pour s'en rendre maître ; mais, comme cette opération ne pouvait entrer dans le plan des conjurés, on avait cherché les moyens de l'avoir par surprise ; et Monier les avait, ou croyait les avoir trouvés. Il avait calculé le volume et le poids des eaux des citernes qui fournissent la garnison, qu'il évaluait à 972 kilogrammes. Par une autre supputation, il avait porté au vingtième de ce poids la dose de poison nécessaire pour rendre mortelle toute cette masse d'eau. Pour introduire cette quantité de poison dans les citernes, quatre hommes chargés de 50 kilogrammes de poison, et munis des outils nécessaires, devaient se porter, au milieu de la nuit, au regard qui reçoit les eaux de Montreuil, entre Vincennes et le Château, enfoncer la porte de ce regard, et y jeter les 50 kilogram·mes de poison.

Vingt-quatre heures après (l'espace suffisant, selon Monier, pour donner à cet horrible stratagème le temps de produire son effet), c'est-à-dire le lendemain, vers minuit, au moment où les ponts-levis, s'abaissent pour relever les sentinelles, des embuscades plus ou moins fortes, placées dans les divers points marqués dans le plan, devaient pénétrer à droite et à gauche du donjon de la forteresse, s'emparer de 60 pièces de campagne qui étaient dans le parc et de 60.000 fusils qui se trouvaient dans les magasins, et marcher sur la Capitale.

Monier appartenait à *l'Epingle noire* : on trouva parmi ses papiers le serment de l'association, qui diffère seulement dans les termes de celui du *Lion dormant* et de celui des *Chevaliers de la Liberté* et des *Carbonari*, il est ainsi conçu :

« Je jure, sur l'honneur, de consacrer ma fortune et ma vie pour délivrer « mon pays du joug qui l'opprime ».

« Je jure d'employer tous mes efforts à propager les principes dont je « suis animé ».

« Je jure de ne rien dévoiler de ce que je viens d'entendre, quelle que « soit la position dans laquelle je me trouve placé ; et si j'ai la lâcheté de « trahir mes serments, je voue ma tête à la mort ».

. Charles Monier fut condamné à la peine capitale ; depuis, sa peine a été commuée en celle de dix ans de bannissement.

Pendant que les affiliations de *l'Epingle noire* et des *Patriotes de 1816*, agissaient à Paris, que Didier fomentait l'insurrection des départements de l'Est, des bandes s'organisaient sous la dénomination de *Vautours de Bonaparte*, dans l'Anjou et le Maine, et un Sʳ Chaltas, ancien officier de Corps franc pendant les Cent-Jours, était envoyé de Paris dans l'Aube, pour lever des corps de partisans.

Les Vautours de Bonaparte, formés en partie de militaires congédiés, avaient commencé leurs expéditions dès le mois de janvier en attaquant, pendant la nuit, des fermes et des maisons isolées, pour enlever les armes qui s'y trouvaient. Ils étaient vêtus d'habits uniformes, portaient la cocarde tricolore et marchaient au nom de Bonaparte qui, dans leur opinion, devait reparaître avant trois mois. Les chefs promettaient, aussitôt que l'organisation serait complète, le pillage des caisses publiques ; on devait ensuite lever des contributions sur les royalistes et les désarmer. Des honneurs et des récompenses pécuniaires les attendaient au retour de Bonaparte. Ces faits résultent de la procédure instruite par la cour prévôtale de la Sarthe, devant laquelle trente-deux prévenus furent traduits et qui en condamna sept à la peine capitale, et plusieurs autres aux travaux forcés et à la détention.

Chaltas était parti de Paris au mois de juin 1816, pour se rendre directement à Troyes, avec des instructions dont la source ne paraîtra pas douteuse, lorsque l'on saura qu'il appartenait à l'affiliation du *Lion Dormant*, et que les Sieurs Milcent-Mussé, ex-capitaine d'un corps franc. et Feuty, ex-capitaine dans l'artillerie de la Garde, qui figuraient l'un et l'autre parmi les principaux chefs de l'affiliation, étaient ses correspondants à Paris. Aussitôt après son arrivée à Troyes, Chaltas, s'occupa de remplir sa mission, et avec quelque apparence de succès d'après, ce qu'il écrivait à Milcent dans les premiers jours de juillet :

« J'ai déjà une centaine de chenapans qui ne demandent pas mieux que « de faire les barbaresques français, ce sont des gens qui, avec la promesse « d'enlever une caisse et une préfecture, marcheraient à pieds joints dans « le feu ».

Les bandes qu'il formait devaient s'appeler « *Corps de l'Aube* », et former une division de « *l'Armée de l'Indépendance* ». Dans la même lettre, il demande qu'on lui envoie des proclamations propres à enflammer les esprits et un projet pour l'organisation d'un Corps régulier. Il écrivait le 18 juin au Sr Houdaille, avec lequel il avait logé à Paris : « Concerte-toi avec Mil-« cent et Feuty, pour le départ; nos affaires secrètes vont très bien et mon « travail est terminé. Je l'ai envoyé à Paris, à la personne qui est chargée « en chef de l'organisation. A mon arrivée, je te présenterai à cette per-« sonne ».

Enfin, une lettre écrite en chiffres, trouvée dans son portefeuille au moment de son arrestation et adressée à un ancien officier du train d'artillerie, offrait les passages suivants :

« Je pars pour les Vosges, où je suis attendu. Rassemble tous tes amis ; « le grand coup ne va pas tarder à frapper. L'armée des libres n'a pas été « battue par le général Donnadieu (allusion à l'affaire de Grenoble). La « conspiration pour enlever les Bourbons a été découverte ; mais les chefs « ne sont pas arrêtés ; il n'y a eu de pris que quelques misérables fédérés « qui ont jasé. Du reste, tout va bien et sous peu les pâles couleurs dispa-« raîtront pour jamais. (Allusion à l'affaire des *Patriotes de 1816*).

Dans une déclaration écrite, remise au juge d'Instruction, Chaltas, sans avouer cependant qu'il appartenait, au *Lion Dormant*, donne des détails très circonstanciés sur l'organisation et le but de cette affiliation. Milcent et Feuty, ses principaux correspondants à Paris, figurent parmi les chefs qu'il désigne. Il annonce beaucoup d'autres individus parmi lesquels on remarque Saugé, Millard, Maitrot, anciens officiers, déjà désignés dans les révélations de Sourdon, ci-dessus rapportées ; et comme Sourdon, il place au faubourg Saint-Antoine la principale loge de l'association. Cette concordance dans les faits et dans les détails ne permet pas de douter de l'exactitude des renseignements donnés par ces deux individus, dont l'un était détenu à Paris, et l'autre dans l'Aube. Ils sont encore confirmés par les aveux de Maitrot, qui fut interrogé dans l'affaire de Chaltas.

Maitrot, ex-lieutenant au 1er régiment de chasseurs de Lorraine (organisation des Cent-Jours), était détenu depuis le mois de janvier, pour pro-

pos séditieux, dans les prisons de Bar-sur-Aube, lorsqu'il fut conduit à
Troyes pour être interrogé. Il se renferma d'abord dans un système de dé-
négation absolue, et il ne se décida à parler qu'après avoir été confronté
avec Chaltas. Maitrot avoua formellement son affiliation à l'ordre du *Lion
Dormant*, sa réception effectuée dans la loge du faubourg Saint-Antoine.
Quant au but et à l'organisation de la société, il se tint sur la réserve ; mais
Chaltas ne laissa rien à désirer à cet égard. Il fit connaître que la Société
du *Lion Dormant* était composée en grande partie d'officiers congédiés par
suite du licenciement de l'armée, ou ayant servi dans les Corps francs pendant les Cents-Jours. Elle avait des chefs supérieurs, qu'il n'a pas connus.
Des émissaires étaient envoyés dans les départements pour propager l'association, rallier les mécontents et réunir des moyens d'insurrection. Lorsque des forces suffisantes auraient été réunies, des soulèvements devaient
éclater dans tous les départements où l'association se serait ménagé des
moyens d'attaque. Le grand coup devait en même temps se porter dans
la Capitale. On se serait emparé de la famille Royale, pour la sacrifier si
les alliés avaient voulu intervenir, et l'on aurait proclamé Napoléon II,
sous la régence de Marie-Louise. Chaltas fut condamné à la peine capitale,
comme chef de complot, Milcent et quelques autres à la détention, pour
non révélation.

Les échecs successivement éprouvés, depuis le mois de janvier jusqu'au
mois de juillet 1816, à Lyon, à Grenoble, dans la Sarthe, dans l'Aube et à
Paris, avaient déconcerté les projets des associations secrètes ; mais on
n'avait pas remonté aux premiers moteurs, au Comité qui avait envoyé
Didier à Lyon et à Grenoble, qui avait mis en mouvement *les Vautours de
Bonaparte*, les affiliés du *Lion Dormant* et de *l'Epingle noire*, *les Patriotes de 1816* et les factieux de Troyes. L'organisation révolutionnaire qui
avait donné une impulsion identique sur des points très éloignés, conser-
vait donc toute sa force. Elle n'avait perdu que quelques agents plus ou
moins obscurs, qu'elle pouvait parfaitement remplacer. Aussi ne tarda-t-
elle pas à manifester son existence par de nouvelles conspirations. Mais
elle concentra son action sur un point éloigné de la capitale, qui offrait sous
tous rapports les ressources les plus étendues, et dont l'influence pouvait,
dans l'hypothèse du plus léger succès, entraîner plusieurs départements voisins.

Dès les derniers mois de 1816, des comités d'insurrection étaient déjà
en activité dans la ville de Lyon. Leur formation n'était pas nouvelle, puisqu'on y voyait plusieurs hommes qui avaient déjà figuré dans le complot
de la Valette, Rosset et Moutain, ainsi qu'on l'établira dans la suite; mais,
depuis le mois de janvier, ils étaient restés dans une inaction dont on pourrait trouver la cause dans la crainte que dut inspirer la condamnation des
conspirateurs du mois de janvier, l'issue du mouvement de Grenoble, et la
surveillance extraordinaire que ces événements avaient provoquée de la
part de toutes les autorités, surtout de l'autorité militaire.

Les premiers symptômes des nouveaux complots qui s'organisaient se
manifestèrent au mois de février 1817, par les manœuvres de Chambouvet,
et dans le mois de mai suivant par celles du capitaine Cormeau. On ne parlera pas des arrestations qui avaient eu lieu dès le mois d'octobre 1816,

sur les révélations de la fille Lallemant, et sur les rapports du maréchal de Gendarmerie Gauthier, parce que la procédure à laquelle cette affaire donna lieu, n'offrit aucune preuve qui parût la rattacher aux grandes combinaisons.

Chambouvet n'était qu'un simple ouvrier ; mais il était jeune, ardent, d'un caractère déterminé, et très propre à jouer le rôle secondaire dont on l'avait chargé. Les mêmes qualités se trouvaient chez le capitaine Cormeau, avec plus d'instruction et de moyens de nuire.

Ce fut alors que l'on acquit les premières preuves des enrôlements qui se faisaient depuis la fin de 1816, au nom de *Marie-Louise et de son fils*, au nom de la *République*, etc., etc., car, dans tout le cours de ces manœuvres, les chefs eurent toujours le soin d'arborer différentes bannières, soit pour donner le change à l'autorité, soit pour flatter l'opinion des individus qu'ils voulaient entraîner. Des cartes d'enrôlement, des listes d'enrôlés furent saisies ; on découvrit un dépôt d'armes de guerre et de munitions dans la commune de Saint-Rambert.

L'affaire de Chambouvet et celle de Cormeau n'étaient bien certainement que des incidents, des manœuvres qui préparaient la funeste catastrophe du 8 juin suivant : elles auraient pu conduire l'autorité à de plus importantes découvertes et, peut-être, lui fournir les moyens d'arriver au comité central qui dirigeait la conspiration. Malheureusement l'information s'arrêta à Chambouvet, à Cormeau et au petit nombre d'individus plus ou moins obscurs qu'ils avaient groupés autour d'eux. Les indices qui tendaient à présenter ces deux individus comme des agents secondaires, et qui annonçaient des chefs au-dessus d'eux, s'évanouirent insensiblement entre les mains de l'administration, et l'enquête judiciaire ne les fit pas retrouver. Les discussions scandaleuses qui suivirent les événements du mois de juin, peuvent, jusqu'à un certain point, expliquer pourquoi l'incident de Chambouvet fut présenté comme une affaire absolument isolée.

Quoi qu'il en soit, il est démontré de la manière la plus évidente par les procédures de la cour prévôtale, par les témoignages unanimes d'une foule de témoins désintéressés, enfin par les aveux des principaux accusés et de tous ceux de leurs complices qui avaient eu quelque part au secret de la conspiration, que, plusieurs mois avant l'arrestation de Chambouvet et de Cormeau, c'est-à-dire dès le mois de décembre 1816, il existait à Lyon, un comité divisé en deux sections, dont l'une était chargée d'organiser le mouvement dans l'intérieur de la ville, et l'autre dans les campagnes.

La première section était composée de huit individus : *Barbier*, herboriste, *Cochet*, clerc d'avoué, *Taisson*, employé à la marque d'or, *Mermet*, fleuriste, les deux frères *Volozan*, fabricants de soie, *Burdel*, ancien officier et *Bonaud*, fabricant de papiers peints.

La seconde section se composait des nommés *Jacquet*, ouvrier en soie, *Vernay*, courtier, *Flacheron*, et quelques autres individus que l'instruction n'a désignés que d'une manière très vague.

Au-dessus de ces deux comités, se trouvait un comité supérieur qui correspondait directement avec Paris, qui tenait les fonds et qui dirigeait toutes les manœuvres. Les procédures n'en ont fait connaître que quatre membres, les Sieurs *Joannou*, avocat, *Bernard*, négociant en mercerie, Joannard, dessinateur, et un autre individu appelé Indigo, nom de guerre qu'il s'était donné à l'exemple de plusieurs de ses complices.*Barbier* et les autres membres du comité dont il faisait partie, ont fait connaître l'organisation et la marche des conjurés dans l'intérieur de la ville. Chacun des membres de cette section avait sous ses ordres deux ou trois chefs secondaires, hommes de confiance, qui, selon le caprice du chef, prenaient la désignation d'un grade militaire, tel que major, chef de bataillon, colonel, etc., etc., tel était sans doute le rôle de Chambouvet et de Cormeau ; ceux-ci de leur côté, avaient aussi sous leurs ordres huit ou dix hommes qui enrôlaient un certain nombre d'individus, dont ils avaient ensuite le commandement. Ces enrôlés ne connaissaient que leur chef immédiat et n'étaient connus que de lui, il en était de même en remontant ; chaque chef subalterne ne connaissait que le chef supérieur auquel il était personnellement attaché, et ce chef supérieur n'avait de communications qu'avec un seul membre du comité. La section chargée d'agiter les campagnes suivait à peu près la même marche. Chacun de ses membres avait dans chaque commune rurale, un agent en chef, qui seul communiquait avec lui, et qui, au moyen des sous-ordres qu'il avait choisis, faisait ses recrutements et réunissait ses autres moyens d'attaque.Tels étaient *Valançot* et *Tavernier* à Ambérieux et à Quincieux, *Garlon* à Cevrieux et dans quelques autres communes voisines, *Oudin* à Saint-Geniès-Laval, etc. On reconnaît évidemment dans cette organisation les principales bases des statuts des *Chevaliers de la Liberté* et des *Carbonari*. Mêmes précautions pour tromper la surveillance de l'autorité ; pour mettre à l'abri de l'indiscrétion ou de la trahison depuis les derniers chefs, jusqu'aux membres du comité, pour faire circuler rapidement les instructions et les ordres. Il ne se prêtait, il est vrai, aucun serment, du moins parmi les subalternes ; mais cette précaution n'était pas nécessaire, parce que les enrôleurs ne s'adressaient qu'à des hommes qu'ils connaissaient de longue main et dont les sentiments offraient une garantie suffisante ; et ce qui prouve combien ils avaient mis de discernement dans leurs choix, c'est que, depuis le mois de novembre 1816, époque où paraissent avoir commencé les enrôlements, jusqu'à l'explosion du 8 juin 1817, l'autorité ne reçut aucune révélation positive de la part des conjurés. Ce fut seulement après cette désastreuse journée, qu'ils se déterminèrent à faire des aveux, bien convaincus qu'il ne leur restait pas d'autre moyen de salut.

Jarquit et tous les individus qui dirigeaient avec lui le mouvement des campagnes échappèrent aux poursuites de l'autorité. Cette circonstance fournit un moyen de défense aux chefs chargés du mouvement dans l'intérieur de la ville. Ceux-ci prétendirent qu'il existait deux comités, que celui dirigé par Jarquit avait seul déterminé le mouvement ; qu'ils n'avaient pu opposer qu'une résistance inutile, et qu'ils avaient été entraînés par l'ascendant que cet homme avait pris sur eux et par l'idée des grands moyens dont il paraissait disposer ; mais ce qui les déçut, c'est l'accord parfait qui a régné entre eux. Il serait inutile d'entrer dans de plus grands développements sur cette affaire du 8 juin 1817, mais il reste à établir qu'elle n'était que la suite des complots de Didier, la Valette et Rosset, et que les conspirateurs de 1817, aussi bien que ceux de 1816, recevaient de la Capitale les premières impulsions.

Mermet et Bonaud, deux des membres du comité, étaient connus par leurs liaisons avec les conspirateurs du mois de janvier 1816 : le dernier était, à l'époque de ces dernières manœuvres, chef de l'atelier de papiers peints du Sr Rosset.

Mermet, suivant les déclarations de Barbier, recevait des lettres de Mme de la Valette, épouse du condamné dans l'affaire du mois de janvier. « Bonaud, ajoute-t-il, m'a parlé de cette correspondance : il m'a montré des « lettres qu'il recevait lui-même de Rosset ». « Je sais, dit Barbier, dans un « autre interrogatoire, que Mermet, Bonaud, Burdel et Taisson (ces deux « derniers aussi membres du comité) étaient des agents de la Conspiration « de Rosset ; et c'est d'eux-mêmes que je le tiens ».

L'un des frères Volozan, autre membre du comité, confirme les déclarations de Barbier, sur la participation de ces quatre individus au complot de janvier 1816, et sur les correspondances de Mermet avec Mme de la Valette, qui résidait alors à Paris.

L'avocat Joannou et le négociant Bernard, qui ont figuré dans la procédure comme membres d'un comité supérieur, correspondaient directement avec la Capitale ; ils étaient intimement liés, le premier avec les trois conspirateurs condamnés dans l'affaire du mois de janvier 1816, le second, avec l'un de ces mêmes chefs, le Sr Moutain, et avec Mermet, déjà connu comme l'un des agents de ce premier complot. Joannou correspondait, même encore à l'époque du mois de juin 1817, avec la Valette et Rosset, détenus alors au château d'If, près Marseille, et avec Mme de la Valette.

Les points de contact avec la Capitale ne sont pas moins évidents, quoique l'information n'ait pas mis à découvert le comité directeur, qui, de Paris, faisait mouvoir les conspirateurs de 1817. Il paraît que la maison de Mme de Lavalette servait de point d'intermédiaire.

C'est par ce comité supérieur (tous les principaux accusés le déclarent) qu'avaient lieu les communications avec la Capitale. Elles furent d'abord servies très activement par le nommé Moulin, conducteur de diligence de Lyon à Paris ; et plusieurs fois ce conducteur, qui était initié au secret des conspirateurs, fut présenté, à son retour à Lyon, au comité secondaire pour donner verbalement, une partie des nouvelles qu'il apportait. Un jour, il annonça positivement qu'il avait vu chez Mme de la Valette, deux généraux, qui devaient se rendre à Lyon pour se mettre à la tête du mouvement aussitôt que l'affaire serait assez avancée ; Mme de la Valette avait, en effet, des rapports intimes avec deux officiers généraux, MM. *Debellair* et *Dommanget* : ils furent arrêtés ; mais l'enquête n'ayant fourni aucune preuve qu'ils fussent les généraux désignés par Moulin (ce conducteur était alors en fuite), ils furent rendus à la liberté.

Il était naturel que Mme de la Valette fît disparaître toutes les traces de ses communications directes ou indirectes avec les conspirateurs du Rhône. Cependant, lorsqu'elle fut arrêtée à Paris, on saisit chez elle trois lettres écrites par l'avocat Joannou, l'un des membres désignés du Comité Supérieur.

Dans une de ces lettres, qui était sans date, le Sr Joannou priait Mme de la Valette de lui chercher une bague ou un cachet à l'effigie du Grand Homme (de Bonaparte).

Dans une autre lettre, à la date du 25 mars 1817, le Sr Joannou s'exprimait ainsi : « J'ai reçu votre amour et le mien : je vous en remercie ; et si j'osais vous prier de m'en envoyer encore six, ils sont tous placés, car il fait les délices de tous les amis ».

C'est du buste de Bonaparte que parlait ainsi le Sr Joannou.

Dans cette même lettre du 27 mars, le Sr Joannou ajoute : « Vous avez, dites-vous, des espérances, et, s'il vous était permis de me les communiquer, vous rendriez un peu de force à mon âme, qui n'est pas abattue, mais qui languit ; qu'aucune crainte n'accompagne votre confiance : il ne sortira jamais de ma bouche un mot indiscret ».

La troisième lettre du Sr Joannou à Mme de la Valette, est écrite le 29 mai, onze jours avant le mouvement : elle contient le passage qui suit : « Je suis désolé que ma lettre vous ait laissé de l'inquiétude, et d'autant « plus, qu'à ma honte, je dois avouer que j'ai douté de votre amitié pour « moi. Cependant, je dois vous dire qu'il ne m'était pas encore permis de « parler. Or donc, pour tout lever, vous saurez, Madame, que je désire de « vous la confiance que vous avez accordée à d'autres, sans cependant leur « en faire part ; car ils ignorent tout, et les pièces ont été remises entre mes « mains. Je n'attends donc qu'un plus habile pour pouvoir s'en charger. « Cette affaire est dans le meilleur état possible ; mais il ne faut rien négli- « ger pour la rendre meilleure. C'est ce que j'attends de vous, si vous dai- « gnez vous charger de consulter. Que la consultation soit signée le plus « tôt possible par un homme à talents, qui ait un nom bien connu et dont « l'autorité puisse imposer aux Juges ».

Le Sr Joannou et Mme de la Valette prétendirent qu'il était question dans ce passage d'une consultation pour le Sr de la Valette, complice de Rosset. Mais le Sr de Lavalette était déjà jugé et condamné au bannissement : il n'était même plus à Lyon ; il avait été transféré au Château d'If. Il parut donc évidemment démontré que ce passage s'appliquait aux manœuvres de Lyon.

Un autre membre du comité supérieur, le Sr Joannard, correspondait aussi directement avec Mme de la Valette. On ne put avoir son aveu : il s'était soustrait aux recherches. Mais Bernard, qui faisait partie du même comité, a déclaré dans plusieurs interrogatoires, qu'il avait eu connaissance de cette correspondance ; que Joannard lui avait souvent communiqué les lettres que lui écrivait Mme de la Valette ; qu'il avait même écrit deux lettres à cette dame, au nom de Joannard, l'une peu de jours avant le 8 juin, pour l'informer que tout était prêt ; l'autre, à la date du 8, pour lui apprendre qu'on sonnait le tocsin dans les campagnes ; mais que l'affaire paraissait mal emmanchée.

Bernard explique d'ailleurs très au long comment les nouvelles données par Mme de la Valette étaient communiquées au comité secondaire ; et en cela ses déclarations sont d'accord avec celles des autres chefs. Ces observations suffisent pour démontrer les rapports qui, dans cette affaire comme dans celle du mois de janvier 1816, existaient entre Lyon et Paris : elles sont puisées dans les procédures instruites par la cour prévôtale sur le mouvement du 8 juin.

Après les événements de Lyon, le Ministère, ayant paru favoriser exclusivement les intérêts révolutionnaires, le *Comité directeur* (son existence est suffisamment démontrée) suspendit ses manœuvres hostiles, et parut ne s'occuper que d'augmenter ses forces, en peuplant d'hommes de son choix la Chambre des députés, les administrations et l'armée. Cet état de choses se prolongea jusque vers l'époque où M. le Marquis Barthélemy proposa à la Chambre des Pairs des modifications à la loi des élections, c'est-à-dire jusqu'au commencement de 1819. Alors le comité, quoique ses intérêts fussent défendus par le Ministère, crut devoir mettre en action ses propres forces, autant pour mieux assurer son triomphe, que pour prouver aux ministres qu'il pourrait au besoin se passer de leur appui, et leur faire sentir la nécessité de persister dans le système qu'ils avaient embrassé et de compléter leur ouvrage. Un homme initié dans les secrets de la faction écrivait de Paris, le 6 mars 1819, à son père, qui résidait dans le département du Lot : « Le Marquis de La Fayette disait dernièrement à « M. Decazes, après la nomination des 62 nouveaux Pairs : « Très bien, Monseigneur, très bien. Vous avez fait une très habile manœuvre, vous avez « voulu mettre les sabres de votre côté, et vous avez réussi. Voyez si ce remède sera toujours salutaire et si vous aurez beaucoup à vous louer de ses « effets. Ce propos vous fait connaître la méfiance qu'inspirent aux libéraux les transfuges de Bonaparte, qu'ils ont momentanément reçus dans « leurs rangs. Les amis du pouvoir absolu, « ne peuvent devenir tout d'un « coup des amis ardents, et surtout sincères de la Liberté ». On tenait fort peu compte à M. Decazes de ce qu'il avait fait, on se doutait qu'il n'avait travaillé que pour lui-même. « Il s'agissait, dit le correspondant, d'être ou de « ne pas être. Il a fallu prendre une résolution décisive : 62 pairs ont été « nommés ».

Au reste, comme les manœuvres pratiquées au commencement de 1819 se renouvelèrent vers la fin de la même année, lorsque le ministère proposa lui-même des modifications à la loi des élections, l'on réunira dans un seul tableau les principaux traits qui signalèrent ces deux époques.

Sur les premiers avis de la proposition du Marquis Barthélemy, et avant même qu'elle fût présentée à la Chambre, un mouvement uniforme fut imprimé dans tous les départements, avec la plus étonnante rapidité. On vit se manifester, le même jour, pour ainsi dire, dans toutes les communes un peu influentes par leur population, des foyers révolutionnaires dont on ne soupçonnait pas l'existence; on vit sortir de ces foyers d'innombrables pétitions aux Chambres, pour le maintien de la Charte et de la loi des élections. Partout les mêmes moyens furent employés pour extorquer des signatures. On les déposait dans des cafés et autres lieux publics, fréquentés par des hommes de la faction ; des émissaires les colportaient à domicile, surtout dans les campagnes, appuyant la demande de signatures des plus perfides insinuations. Leur langage était partout le même : l'atteinte dont la loi des élections était menacée était un acheminement à la destruction de toutes les garanties consacrées par la charte : la spoliation des acquéreurs de domaines nationaux, le rétablissement de la dîme, des corvées et de tous les privilèges du régime antérieur à 1789 devaient suivre ce premier pas. L'uniformité des moyens employés dans un si grand nombre de localités, et à des distances si éloignées, annonçait évidemment une seule et même impulsion ; et malgré les soins que prit le Comité directeur pour cacher son action sur tous ces foyers, elle se manifesta de la manière la plus évidente. Dans plusieurs départements, comme dans l'Ardèche, dans l'Ain, etc., les pétitions furent provoquées par des lettres écrites de Paris, et dont plusieurs étaient imprimées ; dans d'autres départements, elles furent envoyées, toutes rédigées, de la Capitale. Des agents immédiats du Comité directeur furent même expédiés de Paris sur quelques points, tels que le Sr *Jousselin de Lassalle*, alors attaché à la rédaction du *Constitutionnel*, et le Napolitain *Grilli* ; le premier dans le Cher, le second dans le Var.

Ce dernier, le Sr Grilli, ancien officier dans les troupes françaises, attaché, pendant les Cent-Jours à l'état-major du général Verdier, avait long-temps résidé en Provence, où il était aussi défavorablement connu sous le rapport de la moralité que des opinions politiques. Il partit de Paris, dans le mois d'octobre, avec un passeport pour Lyon, d'où il se dirigea rapidement sur la Provence. Il mit tout en œuvre pour cacher sa marche et le but de son voyage. Arrivé à Toulon, vers le commencement du mois de novembre, il se mit de suite en rapport avec les révolutionnaires les plus exaltés, qu'il connaissait d'ancienne date, surtout avec un Sr *Bédarride*, ancien commis de marine. Ces deux hommes furent les principaux promoteurs de l'adresse de Toulon, qui reçut bientôt un assez grand nombre de signatures. Le Sr Grilli, pendant son séjour à Toulon, reçut deux traites de 2.000 francs chacune, qui lui étaient envoyées par un Sr Vannier, agent d'affaires à Paris, demeurant alors rue Saint-Martin, nº 13. L'on apprit d'ailleurs d'une de ses relations les plus intimes, que le Sr Grilli lui avait confié que la pétition pour la loi des élections n'était pas l'unique objet de son voyage en Provence ; qu'il était envoyé à Toulon par les libéraux pour une affaire importante qui se traitait à Lyon, et qu'il était parti de Toulon emportant des papiers pour M. Manuel, membre de la Chambre des députés. En effet, le Sr Grilli, à son passage à Lyon, revenant à Paris, expédia un paquet à l'adresse de M. Manuel. Le Sr Grilli a été expulsé de France au mois d'avril 1820.

Ces mouvements simultanés et absolument identiques, dans les départements du Nord, du Midi, de l'Est et de l'Ouest, peuvent être regardés comme les premiers essais, en grand, de l'organisation qui ne s'était manifestée jusqu'alors que sur quelques points de la France. Ils mirent en évidence les individus qui, sous le titre de *Chevaliers de la Liberté*, de *Réformateurs* et de *Carbonari*, formèrent dans la suite, et sans doute formaient déjà, les ventes centrales et les ventes particulières. Ces manœuvres, prolongées jusque vers les premiers mois de 1820, portèrent les esprits au plus haut degré d'exaltation. *Louvel* n'échappa pas à leur influence, et s'il n'a pas été prouvé que le Comité directeur avait provoqué ouvertement l'attentat du 13 février, il reste au moins démontré par les aveux eux-mêmes de l'assassin, que son fanatisme avait été nourri et enflammé par l'agitation qu'il voyait régner autour de lui, et par les violentes déclamations dont les organes du comité faisaient retentir la tribune ou remplissaient les journaux. Mais, plusieurs mois avant que l'attentat fût consommé, on avait déjà disposé la trame de nouveaux complots. La conspiration de l'Est était en activité. Un Sr *François Guillemin*, ancien sous-lieutenant au 8e régiment de chasseurs à cheval, jouissant d'une pension de retraite à Saint-Aubin, département du Jura, fit un voyage à Paris sur la fin de 1819, dans le but apparent de solliciter une augmentation de pension et la décoration de la Légion d'honneur. Il séjourna cinq mois dans la Capitale. L'instruction judiciaire faite par la Cour d'assises de Riom (Puy-de-Dôme), n'a rien appris de ses occupations dans la Capitale pendant cet espace de temps ; mais, suivant ses aveux, il eut de fréquentes relations avec le Sr *Plauzeaux* et le Sr *Julien Combes*, le premier colonel, et le second, adjudant-major du régiment de chasseurs dans lequel il avait servi. Ses démarches ayant été infructueuses, Guillemin (suivant ses déclarations) revint à Paris au mois de mars 1820, et eut des relations non moins fréquentes avec les mêmes officiers. Ce fut à cette époque, vers le commencement d'avril, qu'il apprit des Sieurs Combes et Plauzeaux qu'un mouvement était organisé contre le Gouvernement du Roi ; qu'il éclaterait sur tous les points de la France le 10 mai suivant, etc., etc. Guillemin ne fait pas connaître les instructions qu'il dut recevoir ; seulement il avoue que le Sr Combes l'invita à faire part de ce qui se préparait à ses amis, lorsqu'il retournerait en Franche-Comté. Mais son retour précipité dans le Jura, après ces ouvertures, l'empressement qu'il mit à réunir des partisans pour concourir au mouvement projeté ; les confidences qu'il fit à ses complices, tout annonce de la manière la plus évidente que Guillemin fut envoyé de Paris dans le Jura avec la mission de préparer dans ce pays un noyau d'insurrection. On ne s'occupera pas du détail des manœuvres de cet agent dans la Franche-Comté. Les débats de la Cour d'assises les ont fait suffisamment connaître ; il s'agit surtout de montrer que l'impulsion partait encore de la Capitale. Les aveux de Guillemin, quoique bien incomplets, ne laissent aucun doute à cet égard ; mais il existe d'autres preuves. Cet agent promet à ses complices l'arrivée à jour fixe du Sr Combes et d'un autre officier supérieur, qui doivent venir de Paris pour prendre le commandement des partisans enrôlés dans le Jura ; et, en effet, le Sr Combes et le colonel Plauzeaux arrivent le 9 mai à Dôle. Ils envoient aussitôt un exprès à Guillemin avec invitation de venir voir son ancien colonel. Leurs malles sont visitées, et l'on y trouve leurs anciens uniformes et des armes. Enfin, parmi les principaux directeurs de ces manœuvres, on voit figurer *Cugnet de Montarlot*, déjà si connu par le *Lion Dormant*, l'*Epingle noire*, etc., etc. Il fut arrêté vers la même époque que les Sieurs Plauzeaux et Combes. Comme eux, il était parti de Paris, mais pour se rendre dans la Haute-Saône, son pays natal, et les confidences qu'il avait faites avant son départ ne permettaient pas de douter que son voyage n'eût pour objet des manœuvres semblables à celles qui se pratiquaient dans le Jura. Les papiers saisis chez lui en fournirent de nouvelles preuves. Il résulte d'ailleurs de l'enquête judiciaire que, dès le 6 mai, Cugnet de Montarlot proposa à un imprimeur d'Arbois, nommé Juvel, de lui imprimer à 400 exemplaires une chanson séditieuse, sur l'air de *la Marseillaise*, avec ces mots remarquables à la fin : *Par le Général en chef des armées Constitutionnelles de France.* Cependant les preuves ne parurent pas suffisantes pour traduire en jugement Cugnet de Montarlot, qui, dès qu'il eut obtenu sa mise en liberté, se dirigea sur l'Espagne, où, depuis trois ans, il ne cesse d'ourdir de nouvelles trames révolutionnaires. On n'a pas oublié que tous les prévenus dans la Conspiration de l'Est furent acquittés par la Cour d'assises de Riom ; mais, si les preuves n'ont pas été suffisantes pour motiver une condamnation, les faits conservent toute leur force ; et la conviction qui doit nécessairement en résulter suffit pour l'Administration.

Ce fut vers le même temps qu'éclatèrent à Paris les entreprises de *Millard* et de *Gravier.* Le premier travaillait à faire des recrues pour le mouvement dont la Conspiration de l'Est n'était qu'un épisode. Il fut déféré à l'autorité par quelques-uns des individus qu'il avait tenté de séduire, et condamné à dix ans de bannissement comme coupable de proposition de complot non agréée ; mais, ce que l'instruction judiciaire ne fait pas connaître, et ce que l'on doit rappeler ici, c'est que Millard était un des principaux chefs de l'affiliation du *Lion Dormant.* Quant au second, Gravier, connu depuis longtemps pour un des partisans les plus exaltés du système révolutionnaire, et non moins mal famé sous le rapport de la moralité, son affaire offre un incident que les débats n'ont pas mis au jour, mais qui semble rattacher directement cet individu aux principaux chefs de l'opposition, et personnellement à celui d'entre eux qui a montré le caractère le plus évidemment hostile. Le père de Gravier résidait depuis longtemps à Aix ; animé des meilleurs sentiments, d'après le témoignage du préfet des Bouches-du-Rhône, l'attentat de son fils l'avait mis au désespoir. Peu de jours après son arrestation, Gravier fils écrivit à son père pour l'informer de sa position et lui demander quelques secours : ce qu'il avait fait, disait-il, n'avait pour but que d'effrayer la garde royale. Gravier ajoutait qu'aussitôt après son arrestation, M. Manuel lui avait fait remettre quarante francs, et que ce député se chargerait de lui faire parvenir les lettres de son père. Cette lettre, suivant le rapport de M. le préfet des Bouches-du-Rhône, avait été lue par une personne digne de foi et de toute confiance.

La même personne apprit de Gravier père, que M. Manuel avait fait dire à ce dernier d'être sans inquiétude sur le sort de son fils. L'Administration ne négligea rien pour obtenir de cette personne une déclaration qui pût être produite au besoin, ou servir, du moins, pour demander au père de plus amples explications ; mais elle répondit que des considérations puissantes s'opposaient à ce qu'on désirait ; qu'elle croyait avoir rempli son devoir en indiquant les moyens qui pouvaient conduire à la manifestation de la vérité, et que d'ailleurs elle ne se déterminerait jamais à mettre en évidence un malheureux vieillard, déjà trop à plaindre d'avoir donné le jour à un misérable. Tandis que Millard et Gravier préludaient ainsi, les mouvements du mois de juin et la conspiration militaire du 19 août s'organisaient dans la Capitale. Tout a été en dehors dans cette première affaire. C'est pour défendre la personne et les opinions des hommes signalés depuis par les procédures de Colmar, de Poitiers, etc., que s'ébranla cette masse de jeunes factieux, dont les plus influents se retrouvent plus tard dans les ventes de Carbonari découvertes dans la Capitale. Il paraît que la faction n'avait en vue que de faire montre de ses forces, et d'obtenir par la crainte ce qu'elle désirait, comptant, pour un triomphe plus complet, sur la conspiration militaire qui était alors en pleine activité. Les procédures dont les événements du mois de juin furent l'objet, jetèrent peu de lumière sur les ressorts employés pour produire cette agitation dans la Capitale. Des distributions d'argent furent signalées à l'autorité administrative, mais l'enquête judiciaire n'éclaircit nullement ces indices. Un seul individu marquant fut condamné, l'ex-colonel Duvergier, surpris à la tête des rassemblements ; et c'est la femme d'un des principaux accusés dans l'affaire du 19 août 1820 et dans le complot de Belfort, en 1822, la dame Pailhès, qui fut un des principaux instruments de son évasion. Cette affaire du 19 août 1820 est le premier essai, depuis 1815, d'une révolution tentée par le moyen de l'armée. Dans les conspirations précédentes, on découvre bien la trace de quelques tentatives de séduction envers des militaires qui étaient en activité de service, mais sur lesquels on ne comptait que comme auxiliaires : dans celle du 19 août, au contraire, c'est par les corps armés que le coup doit être porté, la population révolutionnaire ne doit marcher qu'à la suite.

La révolte de l'Ile de Léon avait déjà produit des imitateurs ; mais, dans cette affaire, comme dans celles qui l'avaient précédée, on voit évidemment que c'est toujours de la Capitale que part l'impulsion. Les aveux et les déclarations de plusieurs accusés ont fait connaître l'existence des comités, ou plutôt des fractions du comité supérieur qui dirigeaient l'ensemble et les détails de cette vaste intrigue ; qui fournissaient les fonds qui devaient déterminer la forme de gouvernement à substituer à celui que l'on voulait renverser.

C'est de Paris que furent expédiés ces nombreux émissaires chargés de séduire les garnisons de la frontière du Nord et du Rhin, et de quelques places de l'Intérieur, tels que le colonel *Noziau* à Lille et à Cambrai, le capitaine *Michelet* à Metz, le colonel *Fabvier* dans le Haut et le Bas Rhin, le colonel *Pailhès* à Lyon, le colonel *Sausset* dans la Marne, etc., etc. Des opérations commerciales étaient le prétexte de leurs excursions, comme on a vu depuis les agents conspirateurs de 1822 parcourir la France sous la fausse qualification de commis-voyageurs. Les débats de la Cour des Pairs dispensent d'entrer dans de plus longs développements ; mais il ne sera pas inutile de rappeler ici, qu'un supplément d'instruction fut proposé par le ministère public ; que ce supplément tendait à remonter à des personnages d'un rang bien au-dessus de celui des principaux accusés, à des membres des deux Chambres qui se trouvent, en partie, désignés dans l'instruction des affaires de Belfort, de Saumur, etc., etc., comme membres du Comité .

Directeur et du gouvernement provisoire que les conjurés devaient établir après le succès ; et que plusieurs des accusés dans la conspiration du 19 août 1820, ont figuré, plus tard, en première ligne, dans la conspiration de Belfort.

Du milieu de 1820 à la fin de 1821, la faction révolutionnaire parut se tenir dans une inaction absolue ; mais si elle n'attira pas l'attention de l'autorité par des actes ostensibles, elle n'en travaillait que plus activement, dans l'ombre, à organiser ses forces, à les augmenter et à se mettre en mesure de tenter de nouvelles entreprises avec plus de chances de succès. Ce fut dans cet intervalle que le Comité directeur perfectionna l'organisation des *Carbonari*, des *Réformateurs*, des *Chevaliers de la Liberté* et de plusieurs autres affiliations, qui, sous des noms divers, n'étaient évidemment que des fractions de l'organisation générale, puisqu'elles professaient la même doctrine politique, qu'elles marchaient vers le même but et qu'elles recevaient l'impulsion du même foyer. Les loges et les ventes se multiplièrent dans les provinces comme dans la Capitale ; on introduisit l'organisation dans plusieurs corps de l'armée, notamment dans le 45e régiment de ligne, en garnison à Paris ; dans le 29e, en garnison à Belfort; dans le 5e, en garnison à Marseille; dans le 13e de ligne, en garnison à Nantes; dans le 3e régiment d'artillerie, en garnison à Strasbourg; dans l'Ecole de cavalerie de Saumur, etc., etc., Les complots déjoués ou réprimés en décembre 1821 et dans les premiers mois de 1822 et les procédures instruites à Belfort, à Strasbourg, à Toulon, à Saumur, à Nantes, à Poitiers, à Paris, ont suffisamment prouvé les funestes progrès de l'organisation secrète dans les provinces.

A Paris, ils ne furent pas moins rapides ; suivant le témoignage du ministère public dans les procès du complot de la Rochelle, on y comptait plusieurs centaines de ventes à l'époque où le Comité directeur commença à mettre à exécution ses derniers plans, c'est-à-dire vers la fin de 1821. Celle qui était désignée par le titre distinctif d'*Amis de la Vérité* et qui était généralement composée d'étudiants en médecine et en droit, était une des plus actives. On trouva parmi les accusés dans la conspiration de Belfort huit membres connus de cette vente, et cinq dans le complot de la Rochelle

Le plaidoyer de M. l'avocat général Marchangy, dans l'affaire du complot de la Rochelle, développe de la manière la plus lumineuse les derniers plans du Comité directeur qui embrassaient la France entière, et qui devaient soulever simultanément, par le concours des Carbonari militaires et civiles, les départements de l'Est et de l'Ouest, du Nord et du Midi. Il établit jusqu'à la dernière évidence la liaison intime de tous ces complots, organisés sur des points si éloignés pour éclater à la même époque, dans les premiers mois de 1822.

Partout même marche, même but, mêmes moyens. En effet, on trouve sur le capitaine *Vallé*, l'un des principaux agents de la faction en province, les mêmes statuts qui unissaient les Carbonari de l'Ouest, de la Bretagne, des départements du Rhin et de la Capitale. M. l'avocat général prouve enfin que tous ces complots étaient dirigés par le même foyer, non seulement par les analogies et les coïncidences que l'on vient de remarquer, mais aussi en montrant les principaux chefs, partant de Paris à la même époque pour se rendre sur les divers points où les mouvements devaient éclater. En effet, dans le mois de décembre 1821, le général *Berton* quitte Paris pour se rendre dans les départements de l'Ouest de la Bretagne, sous le prétexte de voir son fils, officier dans le régiment des dragons du Doubs, en garnison à Pontivy. C'est dans le même mois de décembre que le colonel *Alix* part aussi de Paris pour se rendre en Bretagne ; et les débats de Poitiers ont établi que ces deux hommes s'étaient réunis à Brest et avaient eu plusieurs conférences dans le cours du mois de janvier.

C'est encore dans ce mois de décembre que partent de Paris pour la haute Alsace, une trentaine d'individus qui ont figuré, en première ligne, dans la conspiration de Belfort. Plusieurs furent arrêtés : le plus grand nombre parvint à se soustraire aux poursuites ; mais les débats de la Cour d'assises de Colmar ont établi leur culpabilité.

Les aveux du général Berton suffiraient, seuls, pour prouver que toutes ces conspirations des premiers mois de 1822, étaient l'ouvrage des sociétés secrètes : il déclare plusieurs fois, dans les débats de Poitiers, « que le mou-« vement séditieux de Thouars était opéré par les *Chevaliers de la Liberté* ; « qu'il avait consenti, sur leur demande, à se mettre à leur tête, et que le « mouvement aurait éclaté sans lui ». Le général Berton cherche à se dé-fendre, aux dépens de ses complices ; mais il n'en résulte pas moins, de ses déclarations, que les *Chevaliers de la Liberté* (ou les *Carbonari*), ont opéré la révolte de Thouars.

A ses aveux, viennent se réunir ceux qui déclarent formellement avoir été affiliés aux *Chevaliers de la Liberté*. Le colonel Alix n'en convient pas, il est vrai, mais on a trouvé dans ses papiers un grand nombre de cartes découpées, qui servaient de signes de reconnaissance aux membres de l'as-sociation. Si l'on voulait encore d'autres preuves, on les trouverait dans les débats de l'affaire de Saumur, de Nantes, de Toulon, de Belfort et de la Rochelle. Enfin, s'il n'était pas suffisamment démontré que les conspira-tions des premiers mois de 1822 n'étaient qu'une suite des conspirations antérieures, il suffirait de rappeler les noms des principaux accusés dans l'affaire de Belfort. Le colonel *Pailhès*, *Dublar*, *Desbordes*, *Lacombe Brue*, *Pégulu*, etc., etc., figuraient en première ligne dans la conspiration du 19 août 1820.

On pourrait rappeler aussi le colonel *Caron*, quoiqu'il n'ait pas été traduit sur les bancs des accusés à Colmar. Le rôle qu'il a joué dans la conspiration du 19 août 1820 est connu ; il n'était certainement pas étranger à celle de Bel-fort ; et les manœuvres d'embauchage qui ont motivé sa condamnation à la peine capitale, confirment assez les renseignements que l'Adminis-tration avait recueillis sur la participation de cet officier aux manœuvres séditieuses déjouées à Belfort dans les premiers jours de janvier.

On a établi que toutes les conspirations qui ont éclaté depuis 1816 étaient l'ouvrage des associations secrètes, le résultat de la même impulsion, et que le foyer de toutes ces machinations était dans la Capitale. Si l'autorité n'a pu obtenir des preuves juridiques sur les premiers meneurs, sur ce Comité directeur qui a manifesté son existence par tant d'actes multipliés et à tant d'époques différentes, elle a du moins acquis assez de lumières et réuni assez de faits pour désigner avec certitude les principaux membres de ce comité.

Dans son exposé à la Cour des Pairs (affaire du 19 août 1822), M. l'avocat général avait proposé, ainsi qu'on l'a déjà rappelé, un supplément d'instruction contre plusieurs personnages marquants que la procédure désignait comme les chefs suprêmes de la conspiration, comme devant choisir ou former eux-mêmes le gouvernement que l'on se proposait de substituer à celui qui devait être renversé. Cette proposition ne fut pas accueillie ; et la partie de l'exposé qui en développait les motifs fut supprimée par ordre de la Cour ; mais on sait qu'il s'agissait de plusieurs membres des deux Chambres.

Les mêmes noms, ou plus exactement, une partie de ces noms se trouvent encore compromis dans les conspirations de 1822. A Thouars, à Saumur, à Belfort, les chefs les désignaient à leurs complices comme membres du Comité directeur et du futur gouvernement provisoire. En arborant l'étendard de la révolte, le 24 février, Berton, sur la place publique de Thouars, proclame membres du gouvernement provisoire,les députés *Foy, Kératry, Voyer d'Argenson, Lafayette, Benjamin Constant.*

Baudrillet,l'un des accusés dans la dernière tentative de Berton,déclare que, dans un voyage qu'il fit à Paris, au mois de juin 1822 avec Grandmenil, accusé fugitif, il fut présenté par celui-ci au général Lafayette et que, dans cet entretien, il fut question des affaires de l'Ouest et des nouveaux mouvements que préparait Berton.

Les mêmes noms étaient cités à Saumur, à Belfort, etc., etc. ; c'est surtout dans la conspiration du Haut-Rhin, que l'on trouve de nombreux points de contact entre les factieux mis en action et le Comité directeur.

En sortant de prison, après le jugement de la Cour des Pairs, Brue, Pegulu, Desbordes, Eynard sont publiquement accueillis par MM. Voyer d'Argenson et Kœchlin, qui s'empressent de leur donner de l'emploi dans leurs exploitations à Mulhausen et à Oberbruck. Les deux premiers ont été condamnés par contumace à la peine de mort, et le troisième gravement compromis dans le complot de Belfort. Le quatrième, Eynard, n'y figure pas, il est vrai, d'une manière active, mais les renseignements recueillis sur son compte annoncent qu'il attendait l'événement pour se mettre à la tête des ouvriers.

Deux autres accusés dans cette même affaire, Salveton et Grenier, du département de la Haute-Loire, élèves, l'un en droit, l'autre en médecine, à Paris, se rattachent personnellement au général Lafayette. Leurs pères, qui résident à Brioude, sont réputés chefs des révolutionnaires de cet arrondissement. Ils ont des rapports intimes avec le Marquis de Lafayette, toutes les fois qu'il se rend dans cette ville.

Le procureur général près la Cour de Poitiers, a positivement signalé dans les réquisitoires les membres de la Chambre des députés, proclamés par Berton sur la place de Thouars. Il les a présentés comme les organisateurs de toutes les conspirations qui avaient éclaté ou qui avaient été déjouées depuis le mois de janvier 1822 ; et il a manifesté publiquement le regret de n'être pas compétent pour les mettre en cause.

L'instruction de l'affaire de Belfort a signalé, non moins positivement, les mêmes hommes ; mais plus particulièrement les députés Voyer d'Argenson et Kœchlin ; et, d'après le témoignage des autorités, les charges paraissaient suffisantes pour demander aux Chambres la mise en accusation de ces deux derniers.

A l'appui de ces preuves, qui établissent d'une manière si évidente l'existence dans la Capitale d'un foyer principal, d'un Comité directeur, l'on pourrait citer la correspondance dernièrement saisie à Calais, sur le Sr Bowring. Les lettres de *Sauquaire-Souligné* au Ministre des Affaires étrangères à Lisbonne sont positives : il promet, pour quelques millions, d'opérer en France une puissante diversion en faveur des constitutionnels espagnols et portugais, dès que l'invasion dont la péninsule est menacée, sera irrévocablement décidée. Tout est organisé, tout est prêt pour le mouvement, qui sera dirigé par des hommes éminemment distingués dans la carrière des armes et dans la politique. C'est en leur nom que parle le Sr Sauquaire et qu'il propose de traiter. Il ne les nomme pas ; mais un billet de Benjamin Constant au chargé d'affaires de Portugal à Paris, met à découvert un de ces personnages ; et, parmi les autres, l'on peut compter les amis de cet ex-député, que les procédures ont signalé, avec lui, comme membres du Comité directeur. Ce billet écrit et signé de la main de Benjamin Constant, inclus dans le paquet, sans être annoncé par les autres pièces, était évidemment destiné à prouver au cabinet de Lisbonne que ses propositions étaient avouées par le Comité directeur. On a démontré l'action constante des sociétés secrètes depuis la Restauration. On va jeter un coup d'œil rapide sur l'état actuel de ces associations.

Il n'existe plus aucune trace du *Lion Dormant*, de *l'Epingle noire*, des *Vautours de Bonaparte*, ni des *Patriotes de 1816*, qui, sous ces diverses dénominations, n'étaient ainsi qu'on l'a observé, que des fractions d'une même organisation.

L'Ordre du Soleil, fondé par Cugnet de Montarlot, à Strasbourg, au mois de mars 1809, ne paraît pas avoir acquis une grande extension. On n'a même découvert aucune loge de cette société, soit à Paris, soit dans les provinces ; mais on ne doute pas qu'elle n'ait été propagée dans l'Alsace, dans quelques départements de l'Est, où Cugnet avait de nombreux rapports, dans quelques cantons suisses, et enfin dans les départements limitrophes des Pyrénées, depuis que cet aventurier s'est réfugié en Espagne. On sait que, dans les proclamations séditieuses qu'il a répandues à diverses époques sur cette frontière, il a toujours pris le titre de Grand-Maître de l'*Ordre du Soleil* ; et M. le préfet des Pyrénées-Orientales est en ce moment à la recherche d'un dépôt de brevets signés en blanc que Montarlot a laissés lors de sa dernière excursion en France.

Les statuts de cette société ont été trouvés dans les papiers d'un des adeptes, nommé Désiré Goiran, du département du Var, qui fut arrêté en

1817, en Italie, où il s'était enfui par suite de délits politiques et que Montarlot avait reçu, deux ans avant, chevalier de l'*Ordre du Soleil*, dans une prison de Paris, où ils s'étaient trouvés réunis.

L'Ordre est composé (ou devait l'être), de seize grands dignitaires, cent grands cordons, deux cents commandeurs, d'un nombre illimité de chevaliers et de postulants, et d'un vénérable pour chaque département de la France. La décoration est un soleil en or ou en argent, suivant les grades. Comme toutes les associations déjà formées ou qui se sont formées depuis, l'*Ordre du Soleil* avait ostensiblement un but purement maçonnique : le serment porte même l'obligation de ne rien faire qui tendrait à inquiéter les chefs du gouvernement ; il n'était présenté que comme une maçonnerie rectifiée ; mais les principes antimonarchiques du fondateur et de tous ceux des adeptes que l'on a connus, les dispositions hostiles qu'ils n'ont cessé de manifester depuis le retour des souverains légitimes ne permettent pas de se méprendre sur le véritable but de cette association. On doit la considérer comme étant toujours en activité, quoique son chef soit depuis près de deux ans éloigné de la France. Dans le cours de 1822, l'autorité a découvert plusieurs associations nouvelles, dont l'existence était absolument ignorée, telles que l'*Ordre de l'Amitié*, la loge des *Trois cents laboureurs du Champ de la Veuve*, la société des *Admirateurs de la Valeur française*, et la société dite de *Misraïm*. L'*Ordre de l'Amitié* fut fondé en 1819 à Chaumont, département de la Haute-Marne, par une réunion de jeunes gens, animés d'un très mauvais esprit. Une demande d'affiliation adressée au président de l'Ordre, par un professeur nommé Sobart et la réponse du président ne laissent aucune incertitude sur le caractère de cette société.

Le Sr Sobart proteste « qu'il est jaloux d'augmenter le nombre des partisans de l'indépendance et de la Liberté, et des hommes généreux, qui condamnés à gémir sur deux malheurs récents encore (l'invasion de 1814 et celle de 1815) lèvent, au milieu de l'esclavage, un front que ne marqua point le sceau de l'infamie » ; et le président répond que la société s'empressera d'accueillir un frère qui gémit, oppressé sous le poids de la servitude. Cette société, qui n'était peut-être qu'une affiliation des *Chevaliers de la Liberté*, ne paraît pas s'être longtemps soutenue. La plupart des jeunes gens qui en formaient le noyau ont été successivement dispersés ; et ceux qui sont restés à Chaumont avaient cessé de se réunir longtemps avant la découverte de ce foyer.

La Loge des trois cents laboureurs du Champ de la Veuve a pour fondateur le chevalier *Henrion de Bussy*, connu par de nombreuses escroqueries et par son immoralité. Son organisation n'est pas encore terminée ; elle a tenu ses séances jusqu'au mois de septembre 1822, chez un traiteur nommé Chailloux, près de la barrière Pigalle, à l'enseigne du *Grand-Orient*, et, depuis cette époque, elle se réunit chez un Sr Thiébault, rue du Cadran, n° 9. On ne connaît pas encore ses statuts, ni le but dans lequel elle a été formée ; mais on le peut présumer d'après les dispositions bien connues de ses principaux membres, parmi lesquels on voit figurer l'ex-colonel Barbier Dufay et un des fils du général Berton. Le Sr Henrion de Bussy, qui l'a

fondée, joint à la plus profonde immoralité les plus mauvais principes politiques. Renvoyé de la gendarmerie des chasses du Roi, il a vendu ses lettres
de noblesse pour une bouteille d'eau-de-vie. Telle était à peu près la composition et l'esprit de la *Loge des Admirateurs de la Valeur française*, qui
comptait au nombre de ses principaux membres ce même Henrion de Bussy.
Elle tenait ses séances chez le Sr Moinet, traiteur, sur le Boulevard extérieur,
vis-à-vis de la barrière de la Chopinette. Ses registres et papiers ont été
saisis au mois de juin dernier. On croit cependant qu'elle se réunit encore,
mais secrètement, chez quelques-uns de ses membres. C'est surtout parmi
les anciens militaires qu'elle cherche à se recruter.

L'Association maçonnique de Misraïm, autrement dite du rite égyptien,
a été fondée à Paris en 1814, par *les trois frères Bédarride* (Michel, Marc
et Joseph), originaires du département du Vaucluse, anciens garde-maga-
sins des fourrages dans le royaume de Naples, sous le gouvernement de Murat,
et se disant aujourd'hui négociants. Tous les papiers formant les archives
de l'association ont été saisis dans les derniers mois de 1822, tant à Paris
que dans les loges établies en province. Ainsi l'on en connaît, de la manière
la plus positive, l'organisation, la marche et la doctrine secrète. La société
de Misraïm a une couleur purement maçonnique ; mais elle est organisée
sur un plan beaucoup plus vaste que la maçonnerie ordinaire. Elle est di-
visée en quatre séries, lesquelles se subdivisent en dix-sept classes qui com-
prennent quatre-vingt-dix degrés. Le conseil suprême, formé d'adeptes
parvenus au 90e degré, était composé des personnages ci-après désignés, à
l'époque où les papiers de l'association ont été saisis :

Les trois frères Bédarride,

Le Comte Muraire,

Le Baron Teste, lieutenant-général,

M. Moret, avocat à la Cour Royale à Paris,

Le Comte de Fernig, officier général,

M. Rathery, docteur en médecine,

Le Comte de Fauchecourt, colonel d'artillerie,

M. Briot, ex-conseiller d'Etat,

Allegri, négociant,

Teste Charles, ancien administrateur.

A ces membres actifs, étaient adjoints une quinzaine de membres hono-
raires parmi lesquels on remarque M. le Duc Decazes, le Duc de Saxe-Wei-
mar, le Duc de Leicester, le Duc de Sussex, etc., etc.

La Caisse du grand conseil est alimentée par les rétributions exigées :

1° Pour chaque constitution de loge.

2° Pour la délivrance des diplômes expédiés par le Grand Conseil aux
principaux dignitaires de chaque loge.

3° Pour la délivrance des cahiers d'instruction pour chaque degré.

4° Par les rétributions annuelles que chaque loge est tenue d'envoyer au Grand Conseil, etc., etc., etc.

L'organisation, les épreuves, les serments diffèrent peu de ce que l'on voit dans la maçonnerie ordinaire. Les villes où des loges sont établies sont désignées par la dénomination de *Vallées* : Vallée de Paris, Vallée de Lyon, Vallée de Toulouse, etc. Lorsque, dans une même ville, il existe plusieurs loges, elles sont désignées par des titres distinctifs. Quoique les frères Bédarride, premiers fondateurs du Misraïm, soient sans instruction, sans fortune et qu'ils ne jouissent pas d'une meilleure réputation sous le rapport de la moralité que des opinions politiques, la société *Misraïm* s'est propagée avec une incroyable activité, non seulement dans l'intérieur de la France, mais aussi à l'étranger, malgré les obstacles que n'a cessé d'opposer à sa marche le Grand-Orient de France. Plusieurs causes ont concouru à ces rapides progrès: l'attrait de la nouveauté, l'activité des propagandistes, la tolérance que la nouvelle société affectait à l'égard de tous les autres maçons, qu'elle admettait sans difficulté dans son sein, de quelque rit qu'ils fussent ; enfin l'influence des personnages que les frères Bédarride eurent soin de s'associer ; mais on doit surtout attribuer ses progrès à la doctrine anti-monarchique et anti-religieuse qu'elle professait, ainsi qu'on l'établira ci-après. Il faut aussi compter pour quelque chose, dans les progrès de l'association, la tolérance de l'autorité: elle ne s'en est occupée sérieusement qu'à compter du commencement de 1822. Parmi les plus ardents propagandistes figurent les trois frères Bédarride et un Sᵣ *Vernhes*, du département de l'Hérault. Ce dernier, qui prend aujourd'hui le titre d'homme de lettres, était moine augustin, au commencement de la Révolution. Il se maria à cette époque, et se fit remarquer par les excès auxquels il se livra aux époques les plus orageuses. Il quitta ensuite son pays, où il avait perdu toute espèce de considération, et se rendit dans la Capitale. On l'a vu successivement à la tête d'un bureau d'agence pour le paiement des soldes de retraite, et attaché à une société qui se chargeait de procurer des remplaçants. L'usure énorme à laquelle il se livrait (il exigeait, assure-t-on, 40 % sur ses avances), chassa bientôt de son bureau tous ses clients. Quant à l'autre place, il ne tarda pas à la perdre ; ses associés s'étant estimés fort heureux de se débarrasser, au moyen d'une somme assez forte, d'un collaborateur aussi taré. Vernhes paraît avoir été chargé de propager spécialement l'association à Lyon, dans le Dauphiné, dans la Provence et dans le Languedoc. Quant aux frères Bédarride, ils étendaient leur activité sur tous les points du royaume.

Jusqu'en 1821, on les vit constamment en course sous la qualification de commis-voyageurs. Ils portèrent, il y a environ trois ans, l'organisation dans les Pays-Bas et en Suisse. Les archives du *Conseil Suprême* ont fourni la preuve de l'existence d'une loge Misraïmite à Coutray, de trois à Genève, et de trois autres à Lausanne.

Au mois de septembre 1822, époque où les archives du conseil supérieur ont été saisies à Paris, l'association comptait, dans la Capitale seulement, vingt-deux loges, sous divers titres distinctifs, toutes en activité. La ville de Lyon en comptait six ; Metz un nombre égal, Toulouse cinq, Bordeaux trois. Elle avait aussi des loges dans les départements ci-après désignés : les Ardennes, le Bas-Rhin, la Meurthe, le Doubs, le Nord, la Loire, le Puy-de-Dôme, la Loire-Inférieure, l'Isère, le Vaucluse, les Bouches-du-Rhône, le Gard, l'Hérault, l'Aude, le Tarn-et-Garonne.

Elle avait aussi cherché à se propager dans plusieurs autres départements, mais les loges n'y étaient pas encore en activité, parce que les adeptes n'étaient pas en nombre suffisant pour obtenir une patente de constitution d'après les règlements généraux. On doit remarquer au surplus que le Misraïm s'est peu répandu dans les départements de l'Ouest et de la Bretagne, et que même rien n'annonce que les frères Bédarride, dont on a retrouvé la trace partout où l'on a découvert des loges établies, aient parcouru ces derniers départements. Ne serait-ce point parce que la société des *Chevaliers de la Liberté* les avait déjà envahis ? Comme les deux associations professaient la même doctrine politique et religieuse, elles n'auraient pu que se nuire réciproquement, et les principaux meneurs du Misraïm jugèrent sans doute utile d'abandonner ces contrées aux *Chevaliers de la Liberté*, qui tendaient au même but, le triomphe des principes anti-monarchiques et anti-religieux.

La surveillance établie sur les loges de la Capitale ne tarda pas à dévoiler les principes de l'association, parce qu'on les faisait pressentir en initiant aux grades les plus subalternes. Voici les questions principales qui furent soumises à un jeune étudiant en droit, admis dans l'association le 29 juillet 1822, et les réponses qui déterminèrent son admission.

1° Ce qu'il croyait ?

2° Ce qu'il devait faire ?

« Je crois, répondit le récipiendaire, que l'on doit sacrifier ses affections « les plus chères pour le salut de la Patrie ».

« Ce que je dois faire, ajouta-t-il ? Tout pour l'indépendance nationale « et la liberté ».

Un autre récipiendaire, admis le même jour, à qui l'on présentait la nécessité de changer de religion comme une condition indispensable, répondit sans balancer, « qu'il ne tenait pas plus aux unes qu'aux autres et qu'il « ferait tout ce qu'on voudrait ».

En montant de grade en grade, l'adepte reçoit de nouvelles lumières sur les véritables principes de l'association ; et avant même d'arriver aux grades les plus élevés, il apprend que le grand but des sectaires est d'établir l'athéisme et une république universelle. Un des plus ardents propagandistes de l'Ordre, le Sr *Morisson de Greenfield*, médecin en chef des armées anglaises, et attaché en cette qualité à la maison de S. A. R. le duc de Sussex, se trouvant à Paris au mois de juillet 1822, disait à un initié, qu'au premier coup de canon tiré en Europe, on connaîtrait le résultat des associations. Le docteur Morisson est un homme instruit, connaissant parfaitement l'histoire et les progrès du Misraïm : il est le principal directeur de l'association à Lausanne, où il fait sa résidence ordinaire.

Les renseignements recueillis à Paris sur les principes de l'association ont été pleinement confirmés par les découvertes faites dans les départements. Il n'est aucune des nombreuses loges formées en province qui ne fût composée d'hommes plus ou moins connus par leurs dispositions hostiles. Enfin, on a trouvé dans les archives de la loge de Montpellier, déposées chez le Sr Vernhes, plusieurs cahiers écrits de sa main et uniquement consacrés au développement de la doctrine politique et religieuse de la société Misraïmite. Les apôtres les plus violents de l'athéisme et de la démagogie n'ont jamais rien écrit de plus audacieux. Au reste, cette association n'offre plus aujourd'hui les mêmes dangers, son organisation, sa marche, sa force, tous ses chefs, tous ses secrets, et la presque totalité de ses membres sont parfaitement connus. Un jugement du tribunal de police correctionnelle de Paris, en date du 18 janvier 1823, ordonne sa dissolution. Elle se réunira sans doute encore clandestinement ; mais de longtemps elle ne pourra reprendre une organisation stable et donner à ses manœuvres l'ensemble et l'activité qu'elles avaient au moment où l'autorité l'a frappée.

Il n'en est pas ainsi des *Chevaliers de la Liberté*, et des *Carbonari*, dont l'organisation a conservé toute sa vigueur malgré les échecs éprouvés à Saumur, à Nantes, à Thouars, à la Rochelle, à Toulon et à Belfort. L'autorité connaît la plupart des réunions formées dans la Capitale et dans un grand nombre de départements, sous la dénomination de loges ou de Ventes ainsi que les principaux membres qui les dirigent, mais elles se dérobent à son action, par le profond mystère dont elles s'entourent, par le manteau maçonnique sous lequel elles cachent ordinairement leur véritable caractère et par les précautions qu'elles prennent pour les initiations, les correspondances, etc., etc.

Les procédures de Thouars et de La Rochelle ont établi que ces deux sociétés appartenaient à la même organisation, qu'elles recevaient l'impulsion du même foyer, et que le titre de *Chevaliers de la Liberté*, n'était enfin que le premier degré du carbonarisme. On ne séparera donc point ces deux branches dans l'exposé qui va suivre : d'ailleurs, les documents recueillis jusqu'ici sont insuffisants pour assigner d'une manière précise les diverses nuances qui peuvent les distinguer, et qui ne consistent sans doute que dans quelques articles des règlements organiques. Car le but, les moyens sont les mêmes. Si les adeptes ont formé des complots à La Rochelle et à Paris, sous la dénomination de *Carbonari*, ils ont arboré l'étendard de la révolte à Saumur et à Thouars, sous celle de *Chevaliers de la Liberté*. Ces associations, évidemment formées des éléments révolutionnaires qui avaient manifesté leur existence à diverses époques antérieures, notamment au sujet de la loi sur les élections, n'ont été connues que fort tard, sous les dénominations qu'elles portent aujourd'hui. Ce fut seulement au mois de décembre 1820, que l'autorité eut connaissance d'un foyer central, formé à Paris sous le titre de société des *Réformateurs*, et de l'envoi dans un assez grand nombre de départements d'instructions circulaires, accompagnées des statuts de la société. « Le but des statuts, portait la circulaire, est de « parvenir aux institutions qui ont été promises. Il s'agit d'organiser, non « des complots, mais une opposition vraiment nationale, afin de pouvoir

« adresser au Roi de nombreuses pétitions qui lui prouveront combien sa
« religion a été surprise,etc. »On y lisait encore: «Les mesures de précaution
« que nous avons prises et que nous vous recommandons de prendre sont
« par elles-mêmes une preuve évidente de l'utilité de l'agence de l'institu-
« tion que nous avons établie ».La police générale n'eut pas connaissance des
statuts ; mais la circulaire suffit pour en faire connaître l'esprit et le but.
Les recherches furent d'abord infructueuses : tous les préfets, au nombre
de vingt-sept, auxquels des instructions furent adressées, répondirent
négativement ; mais dans les premiers jours de mai 1821, M. l'avocat général près la cour royale de Bourges et M. le préfet du Cher, signalèrent
dans ce département et dans plusieurs autres départements limitrophes
l'existence d'une association secrète désignée par la dénomination de *Chevaliers de la Liberté*. Les révélations qu'ils avaient reçues sur l'organisation
et le but de la société, avaient tant de conformité avec l'esprit de la circulaire des *Réformateurs* (qui d'ailleurs avait été envoyée dans le Cher et dans
les autres départements désignés par le préfet et le premier avocat général),
qu'il dut paraître évident que les *Réformateurs* et les *Chevaliers de la Liberté*
ne formaient qu'une seule et même association. Peut-être le foyer central,
qui était à Paris, avait-il adopté la dénomination de société des *Réformateurs*.
Peut-être aussi avait-on substitué, depuis le mois de novembre 1820, à
cette dénomination celle de *Chevaliers de la Liberté*. On trouve enfin, dans
les révélations reçues par ces fonctionnaires, les principales bases et en partie
le texte des statuts des *Chevaliers de la Liberté*, qui ont été publiés en 1822,
dans le recueil du procès instruit à Poitiers. « Une espèce de manifeste,
« disait M. l'avocat général, renferme les prétendus griefs articulés contre
« ce que le parti appelle l'aristocratie, et offre en même temps les plus fortes
« protestations de dévouement au Roi, à la légitimité et à la Charte ».

     « C'est pour le soutien des principes consacrés dans le manifeste que le
« récipiendaire prête serment. Il promet aussi le secret et sur l'association
« et sur la personne qui l'a initié ».

     « On ne signe rien ; on ne tient aucun Registre, du moins en apparence.
« Le récipiendaire est seul : on ne l'instruit ni du nom des chefs, ni de celui
« des associés ; c'est dans la classe des propriétaires, des acquéreurs de biens
« nationaux, des hommes exerçant des professions libérales, que l'on cher-
« che des adeptes ».

     On était donc évidemment sur les traces de l'association des *Chevaliers
de la Liberté*, à l'époque du mois de mai 1821, par ces révélations et par les
découvertes faites dans le mois de décembre précédent.

     Malheureusement, le révélateur qui tenait ces détails d'un initié, arrêté
par la crainte de vengeance, n'osa pas seconder les investigations de l'autorité. Tout ce que l'on put obtenir de lui, ce fut le nom de l'initié avec
lequel il avait des liens de parenté. Cet homme était le Sr Paul Theurier,
riche marchand de bois à Vierzon, qui professait, ainsi que sa famille, les
principes les plus anti-monarchiques : il avait été reçu *Chevalier de la Liberté* à Saumur quelques mois avant ; et il avait fait tous ses efforts pour
déterminer le révélateur à se faire initier. Pendant que les informations se

suivaient dans le Cher, des recherches avaient lieu dans les autres départements désignés par le révélateur, notamment, dans celui de Maine-et-Loire ; soit que les indications fussent trop vagues, soit que les autorités ne missent pas dans les recherches l'adresse et l'activité nécessaires, elles ne firent aucune découverte depuis le milieu du mois de mai jusqu'à la fin de juillet. Mais, à cette dernière époque, la police générale reçut de Saumur un avis anonyme qui contenait des renseignements très précis et conformes à ceux que l'on avait obtenus de plusieurs autres sources sur l'organisation des *Chevaliers de la Liberté*, et qui faisaient connaître plusieurs initiés de Saumur

« Il existe depuis quelque temps à Saumur, disait l'anonyme, une so-
« ciété qui prend le nom de *Chevaliers de la Liberté* ; cet ordre a des statuts,
« des mots de reconnaissance, et les adeptes prêtent un serment ». « Cette
« réunion a pour objet, disait-il, de renverser l'aristocratie et de maintenir
« la Charte ». Il y a un comité directeur à Paris, et il doit s'en former un
« dans chaque département et dans chaque arrondissement ». « Tous les
« chevaliers peuvent en recevoir d'autres ; mais l'initié ne doit jamais faire
« connaître le nom de celui qui l'a reçu. On doit s'attacher à faire des pro-
« sélytes parmi les militaires en non-activité, ou en retraite, parmi les ac-
« quéreurs de biens nationaux, et parmi les gens de loi ».

L'anonyme signalait comme chevaliers de la Liberté, plusieurs habitants de Saumur ou des environs. Les Sieurs Gauchais, chef de bataillon en retraite ; Grandmenil, chirurgien aux Herbiers, près de Saumur ; Pâris, Lumière, Roul, officiers en retraite ; et Fabry, bijoutier.

Tous ces hommes étaient en effet connus par les opinions les plus hostiles ; et comme on le verra par la suite, ils appartenaient effectivement à l'association. Toutefois, ces indications si positives ne produisirent pas les résultats qu'on devait en attendre. Les autorités de Maine-et-Loire ne découvrirent aucune réunion, ne recueillirent aucune preuve, seulement il résulta de leurs investigations que le S* *Theurier* de Vierzon, faisait pour son commerce de fréquents voyages à Saumur et qu'il était intimement lié avec le chef de bataillon Gauchais, par lequel il aurait été probablement initié. Il en résulte aussi de graves soupçons à l'égard de plusieurs autres habitants de Saumur, parmi lesquels on remarquait les Sieurs Fardeau, chirurgien ; Chauvet, teinturier ; Proust, avoué ; Caffé, médecin, etc., etc., mais ces soupçons fondés sur leurs opinions connues, n'étaient appuyés d'aucun fait.

Ce fut dans le cours du mois d'août 1821 que les autorités de Maine-et-Loire obtinrent ces résultats. Fatiguées sans doute de tant de recherches inutiles et peut-être aussi privées des moyens d'aller plus en avant, elles ne recueillirent aucune nouvelle indication ; et les choses en étaient encore à ce point lorsque les complots de Saumur et de Nantes, la révolte de Thouars vinrent confirmer l'exactitude des révélations reçues dans le Cher; la note anonyme de Saumur a prouvé que les soupçons conçus par les autorités de Maine-et-Loire n'étaient que trop fondés.

En effet, le chef de bataillon *Gauchais* fut un des principaux chefs du

complot de Nantes ; il a été condamné par contumace à la peine capitale.
Caffé et Chauvet ont été condamnés à la peine capitale par la cour d'assises
de Poitiers, comme chefs de la révolte de Thouars ; Roul arrêté comme
prévenu de participation dans la même affaire, a été mis en liberté par la
chambre d'accusation, faute de preuves suffisantes ; et le chirurgien Grandmenil est poursuivi comme un des principaux complices de la seconde
conspiration de Berton.

Des renseignements analogues recueillis sur d'autres points dans le cours
de la même année (1821) annonçaient dès lors que l'association des *Chevaliers de la Liberté* s'était propagée dans d'autres contrées fort éloignées des
départements de l'Ouest.

Une carte, lithographiée avec soin, trouvée à Cernay, département du
Haut-Rhin fit connaître l'existence dans ce département d'une société des
Amis de la Constitution. Elle avait pour légende : *Assemblée Générale des
amis de la Constitution à Cernay*. On y lisait encore : « VIVRE LIBRE OU MOU-
RIR ». Les autorités du Haut-Rhin firent inutilement des recherches pour
découvrir cette association qui, d'après la légende de la carte, devait être
nombreuse. Mais l'affaire de Belfort vint suppléer dans le mois de janvier
de l'année suivante, aux lumières que l'on n'avait pu obtenir

Des traces, non moins positives de l'association, furent trouvées en Bour-
gogne dans le mois de septembre 1821. Un officier supérieur, qui ne voulait
pas être nommé, déclara confidentiellement au général Laloyère, comman-
dant le département de Saône-et-Loire, qu'on lui avait proposé d'être dans
ce département le chef d'une association secrète, dite des *Chevaliers de la
Liberté* ; et il remit à cet officier général une copie des statuts de l'association,où l'on retrouve les mêmes idées, le même but et souvent les mêmes
expressions que dans les règlements dont on avait connaissance dans le
Cher et à Saumur. Le révélateur fit connaître le propagandiste qui avait
voulu l'initier. C'était le *Comte de Thiars*. Il nomma plusieurs habitants
de Saône-et-Loire qui faisaient partie de l'association, et il ajouta qu'elle
s'était propagée dans plusieurs départements limitrophes et même dans
plusieurs régiments, notamment dans le régiment d'artillerie qui était alors
en garnison à Besançon. Ainsi, dès le milieu de 1821, les *Chevaliers de la
Liberté*, ou les *Carbonari*, avaient des affiliations, non seulement dans tous
les départements de l'Ouest et de la Bretagne, mais aussi dans la Bourgo-
gne, l'Alsace et la Lorraine. On en trouva des traces dans le Maine, la Nor-
mandie, le Lyonnais, le Dauphiné et dans plusieurs autres départements
situés sur la rive droite du Rhône. L'association s'était déjà propagée en
Provence, lorsque le capitaine Vallé fut arrêté à Toulon au mois de janvier
1822. On en a trouvé depuis des foyers dans les provinces limitrophes des
Pyrénées et dans le Languedoc, et tout porte à croire qu'aujourd'hui il
n'est pas un département qui ait échappé à l'invasion de la secte. L'autorité n'a pu encore obtenir des informations également précises sur tous les
foyers, quoiqu'elle les connaisse presque tous ; parce qu'après l'issue des
conspirations de l'année dernière, l'association jugea prudent de suspendre
le cours de ses manœuvres. Cette suspension s'est prolongée jusqu'ici, à

cause de l'incertitude où l'on était sur le parti que prendrait le Congrès de Vérone, et en particulier la France, relativement à l'Espagne. Telle est la cause de l'inaction des carbonari depuis le milieu de l'année dernière. Des renseignements recueillis dans l'intérieur et à l'étranger ne laissent aucun doute à cet égard. Mais aujourd'hui que la guerre entre l'Espagne et la France paraît décidée, ils se préparent à fomenter de nouveaux troubles, à opérer des défections dans l'armée, etc., etc.

Les carbonari français réfugiés dans la péninsule, où plusieurs d'entre eux reçoivent directement des instructions du comité directeur, se rapprochent de la frontière, pour donner plus d'activité à leurs manœuvres. Ils s'organisent militairement et se disposent à faire des invasions partielles aux deux extrémités de la ligne. Ils doivent être munis de presses portatives, à l'effet de répandre partout où ils pourront pénétrer des proclamations incendiaires. Les carbonari reprennent aussi leur action ; on le voit par le mouvement imprimé aux *Ventes* de la Capitale ; par les voyages des agents connus de l'association ; par les manœuvres de séduction tentées sur plusieurs des corps qui se dirigent sur l'Espagne ; par les efforts qu'ils font sur tous les points pour armer l'opinion publique contre la guerre, etc., etc., etc.

Ceux de la Suisse, du Piémont des Deux-Siciles et des autres Etats italiens, agissent encore plus activement. Divers avis concordants, quoique venant de sources différentes, annoncent d'une manière positive que l'association compte beaucoup sur un nouveau mouvement dans le royaume de Naples, qu'on espère l'étendre facilement dans la Lombardie et le Piémont, et le faire coïncider avec de nouveaux troubles fomentés en France, dans le but d'opérer, dans ce dernier pays, une diversion favorable aux Constitutionnels d'Espagne.

Des dépôts d'armes sont déjà formés dans plusieurs villes de la Suisse. Les affiliés, qui sont en très grand nombre dans plusieurs cantons, ont reçu avec le titre de Décurion, l'ordre de recruter chacun dix hommes dévoués, qui, sans être admis aux mystères de la Secte, doivent prêter serment d'exécuter, sans examen, tous les ordres que leur donnera celui qui les aura enrôlés. Ils seront armés de fusils, munis de cartouches et d'une somme suffisante pour se nourrir pendant plusieurs jours, et ils se tiendront prêts à partir au premier signal.

Archives Nationales, F⁷. 6666.

Imprimerie L. Cloix, 17, Avenue de la Gare — Nevers.

DU MÊME AUTEUR

EVASIONS DE PRISONNIERS DE GUERRE FAVORISÉES PAR LES FRANCS-MAÇONS SOUS NAPOLÉON Ier.

Broch. in-8°, troisième édition. . . . . . . 1 fr. 50

> « Je suis franc-maçon ; ces bêtises-là servent
> toujours à quelque chose... »
>
> (Lettre du conspirateur royaliste Rivoire,
> après son arrestation, à Fouché ministre
> de la Police générale.)